書下ろし

品川《しながわ》宿仇《あだ》討《う》ち稼業

とが三樹太

祥伝社文庫

目次

序章

一

東海道《とうかいどう》は川崎《かわさき》宿より二里半（約十キロメートル）で、江戸府内の玄関口、品川《しながわ》宿に至る。

南の大井《おおい》村から北の八ツ山《やつやま》にかけて、半里ほどのあいだ、街道を挟んで旅籠《はたご》や水茶屋《みずちゃや》が並び、行き交う旅人と、荷馬と人足《にんそく》でにぎわっている。宿場町は、町なかを流れる品川の板橋を境に、北品川と南品川に区分けされていた。

宵闇《よいやみ》が迫ると、軒灯籠《のきどうろう》がともり、飯盛《めしも》り女の嬌声《きょうせい》と遊客《ゆうきゃく》の酔声《すいせい》で日中にも増してにぎやかになる。

乾勝之助《いぬいかつのすけ》が南品川の平旅籠《ひらはたご》百舌鳥《もず》屋に到着したのは、宵の口で、宿内もばたばたと忙しい時分だった。平旅籠は飯盛り女を置かない宿である。

「おや、勝之助さま。江戸へお戻りでございますか」

式台に現われた宿の主人善五郎《ぜんごろう》は馬面《うまづら》の中年男である。

「三河《みかわ》辺りへ武者修行に出られたとお聞きしておりましたが。無事に戻られましたか」

「道場破《やぶ》りに行ったのではない。さまざまな流派を学んで参ったのだ」

笑ってこたえた。目もとは涼しく、邪気《じゃき》がない。

二十代半《なか》ば。手甲脚絆《てこうきゃはん》、背割り羽織《ばおり》に野袴《のばかま》、大小を差し、打飼袋《うちかいぶくろ》を斜めに掛けた旅装束《しょうぞく》は土埃《つちぼこり》で汚れていた。

主人の善五郎は頭の先からつま先まで見下ろした。

「逞《たくま》しくなられました。武芸者というご様子ですな」

「そうか。修行の甲斐《かい》があったかな」

うれしそうなつぶやきに、素直でのんびりした人柄があらわれる。

「うちへお泊《とま》りで？　岡崎町《おかざきちょう》のお屋敷へは明朝お帰りなさいますか？」

「父上が釣り小屋にいらっしゃるかと思って。善五郎に訊《き》けばわかるかと、立ち寄ったのだ」

善五郎はうなずいた。

「今日は昼過ぎからお越しで。こちらへ顔を出して、夜食を小屋へ運ぶようにとおっしゃいました。これからお届けするところでございます」

「それはよいところに来た。私が持っていこう」

「では今夜は釣り小屋にお泊りですか？」

「父上はどうせ遅くまであなご釣りだ。小屋のなかでゆっくり眠ろう。ああ、私の分の握り飯も頼む」

上がり框《がまち》の縁《へり》に腰を下ろし、ぐうっと鳴った腹を押さえ、

「ふたつ、頼む」

と言い足した。

父太兵衛《たへえ》は幕府の勘定所《かんじょうしょ》に勤める百五十俵取りの支配勘定だった。勝之助の母が病気で亡くなってからは岡崎町の屋敷でやもめ暮らしをしている。父は子供の頃品川に住んでいたことがあり、そのせいか、無類の釣り好きだった。近頃は趣味が高じて品川漁師町《りようしまち》の外れに庵《いおり》ならぬ釣り小屋を建てて、休みの日は大海に釣り竿《ざお》を向け、潮風を袂《たもと》に入れて過ごすのが常だった。

善五郎が夜食を持って戻ってきた。

重箱の上に、竹皮で包んだ握り飯をのせたのを、紺の風呂敷で包んでいる。

「これを」

ひょうたん徳利《どつくり》も持たされた。

「おお、寝酒にいただこうか」

善五郎はジロリと睨《にら》んだ。

「こんなことを申しては何ですが。勝之助さまもそろそろ跡目《あとめ》を継いで、お父さまに釣り三昧《ざんまい》の日々を送らせておあげになったらいかがです」

「うむ。そうだな、そろそろ。うむ、腹が減った。早く届けるとしよう」

善五郎の視線から逃れるように勝之助は旅籠を出た。

ひやかしの遊客であふれる街道を歩いて、品川橋の南詰めから漁師町に入った。

潮の匂いのする路地に、魚を焼く煙が流れ、人の笑う声、子供のはしゃぐ声が聞こえる。勝之助は、風呂敷包みを左手に提《さ》げ、ひょうたん徳利は懐《ふところ》に入れて打飼袋の紐で押さえ、波音のするほうへ長屋のあいだを抜けていった。

跡目を継いで、と言われて戸惑ったが、善五郎の言葉が世間の見方なのだと思った。幼なじみの友もすでに親の跡を継いだり、稼業《かぎよう》の世界でいい顔になったりしている。

自分も武者修行などとこの太平の世で食えない業《わざ》にうつつをぬかしていない

で、そろそろ父上にお勤めの心得でも教わらねばならぬか……。

胸中でそうつぶやいた。

一軒の小屋の前に小さな影がうずくまっている。近づくと、十歳ばかりの男の子が、軒下で膝《ひざ》を抱え、夜空を眺めていた。

「庄太《しょうた》」

「あ、勝之助さま」

庄太は漁師だった父親を大時化《おおしけ》で亡くし、母親と二人で暮らしている。雑用をして日銭《ひぜに》を稼《かせ》ぎ、勝之助の父の小屋にも出入りして釣り餌《え》を届けたり磯場を案内したりしていた。母親は長患《ながわずら》いで臥《ふ》せっている。戸の内から乾いた咳《せき》が聞こえた。

「星を見ているのか」

「明日の潮を読んでたんだ。乾の旦那さまにも知らせようと思って」

「ありがたい。庄太の読みは一番当たるからな」

庄太の視線は空から下りて、勝之助が提げている風呂敷包みに向いている。痩《や》せた身体から盛大に腹の音が鳴った。

「晩飯は食べたか？」

勝之助の視線に目を逸らせた。

「食った」

勝之助は、ふむ、とうなずいたが、包みを置き、風呂敷をほどいた。

「私も食べたのだが、善五郎が余計な握り飯をつくりおった。重箱だけで充分なのに。すまんが、庄太、夜食にしてくれんか」

竹皮の包みを差し出した。

「要《い》らねえよ。おいらだって腹がいっぱいだ」

「食べ残すと善五郎に悪い。助けてくれ」

庄太はためらっていたが、黙って受け取った。戸を開け、暗い内へ入っていった。母親の咳き込む声と、庄太が何か言う声がする。勝之助は風呂敷を包みなおして提げ、歩きだした。

すぐに庄太が追いついてきた。

「持つよ。小屋まで運ぶんだろ」

「おっ母《か》さんのそばにいろ」

「ただじゃ貰《もら》わないよ」

勝之助から風呂敷包みを奪《うば》って、数歩先を進む。

「重箱かい？　これで足りるかな」

「父上と私と二人分だ」

「二人？　四人じゃないのかい？」

「四人？」

「さっき、お侍《さむらい》が二人、うちの前を通っていったよ。お客さんだろ？」

　人家が途切れ、雑草の繁る浜辺の道は星明かりだけで足もとが暗かった。波の音と初夏の虫の声が満ちている。砂洲《さす》の先に松林が黒々とした影になって横たわっていた。この道の先には父の釣り小屋しかない。

「どんなお侍だった？」

「立派な身なりの。頭巾《ずきん》を被ってた。もう一人はお供じゃないかな」

　父に高位の侍とのつきあいがあるだろうか。お役目に絡むことでわざわざ釣り小屋まで足を運んでもらうというのもおかしな話だ。首をかしげた勝之助は、同時に何かの気配を感じた。

　松林のなかに人がいる。こちらが近づいていく姿が見えているはずなのに、闇の奥へ退《さ》がり、じっと身をひそめている。

　勝之助は先を行く庄太に声をかけた。

「ありがとう。あとは自分で持っていく」

「え？」

「走って帰れ。戸をきちんと閉めて、家から出るんじゃないぞ」

風呂敷包みを受け取りながらささやいた。庄太は怪訝《けげん》そうに周囲の闇に目を向けた。

「どうしたの？」

「夜も遅い。おっ母さんが心配するぞ。さあ」

そう言って庄太の背中を押す。駆けだした庄太が集落のほうへ消えるのを見送り、勝之助はさりげなく太刀の柄袋《つかぶくろ》の紐をほどいた。

松林のなかへと小径《こみち》をたどっていった。

人の気配は、小径から離れた樹間の影の濃い一角で、息を殺している。下生《したば》えの繁っている場所なので草の葉擦《はず》れがしそうなものだが何の物音もしない。

二人、いる。

そう感じた。

殺気が迫《せま》ればいつでも太刀を抜けるように気がまえをして、その場を通り過ぎた。気配は動かなかった。追ってくる様子もなかった。

松林が開けた。星明かりが降るなか、いつもの質素《しっそ》な小屋が建っている。勝之助は、ほっと息をつき歩を進めた。

外観は漁師の道具小屋のように見える。

「父上、勝之助が参りました」

戸を叩きながら声をかける。

「善五郎に預かった夜食を……」

引き戸を開けると灯《あか》りはなく、真っ暗だった。

父は夜釣りの最中か。それにしても行灯《あんどん》ぐらいともしていくはずだが。内は、土間と四畳の広さの板の間があり、板の間に一枚だけ畳を敷いている。

火を入れようと土間に入って、何かを蹴飛《けと》ばした。

釣り竿だった。

次第に目が慣れると、板の間に黒い影が横たわっているのがぼんやりと見えた。

付け木を探し、火をともす。わずかな灯りだが、黒い影の正体を映すのには十分だった。

太兵衛が板の間に倒れていた。着流し姿で、うつ伏せになり、右手をのばした先に、鞘《さや》におさまったままの刀が転がっている。

背中が赤黒く血に濡れていた。

「父上っ」

駆け上がって抱き起こした。

口からも血が流れ出て、襟《えり》元を濡らしていく。目を開けたまま、顔は無念の形相《ぎょうそう》に歪《ゆが》んでいた。背後から心臓をひと突きにされていた。

「父上」

叫ぶ声がむなしく響いた。何度も呼んだ。やがて、そっと横たえ、厳しい顔つきになった。

「さっきの……」

柄袋を捨てて土間へ下り、柄に手を掛けて小屋を飛び出した。

武士が目の前にいた。三十年輩、目が細く、唇《くちびる》は薄い。殺気をたたえた凶相《きょうそう》が星明かりに蒼白《あおじろ》く映っている。

思わずたたらを踏んだ勝之助を、男の白刃が襲う。

切っ先で胸を突かれ、砂地に転がった。懐に入れていたひょうたん徳利が白刃を受けて割れ、酒が着物を濡らす。

男は上段に振りかぶって迫ってきた。

「だあっ」

振り下ろされた刀を、勝之助の刀が受け止めた。

音立てて男の刀先が折れた。

銘長曽祢虎徹《めいながそねこてつ》二十五寸打刀《うちがたな》の峰で弾《はじ》いたのだ。

男がひるんだすきに、勝之助は立ち上がりざま、刃を地に這《は》わせ、すねを斬り上げた。男は飛びのいて避け、刀を投げつけた。

折れた刀が勝之助の左肩を刺した。

「くっ……」

その隙に男は小屋に駆け込んだ。勝之助も痛みをこらえて戸に駆け寄ると、中から鞘が飛んでくる。飛びさがった勝之助の前で、ゆっくりと戸から出た男は、父の刀を右がまえにして間合いを詰めてきた。

勝之助は八相《はっそう》にかまえる。左腕が痺《しび》れていた。

左腕の不利を突かれまいと動き続けるが、打ち合いの度に、痛みと痺れは増してくる。

勝之助は気づいた。男の背後の松林に人影が動いたのだ。しころ頭巾で顔を隠して、こちらの様子をうかがっている。着物や袴から、身分の高い侍と見えた。

「何者だ」

と叫んだ勝之助に、目の前の男が斬りかかる。弾き返し、相手の喉《のど》に突きかけたが、左手に力が入らない。男は正眼《せいがん》にかまえ、口の端で冷たく笑った。

気づけば浜の中ほどにいた。

勝之助は、波打ち際へざざっと走り込んだ。腰の辺りまで海に浸《つ》かって男が来るのを待った。

「なぜ父を襲った」

男は水を分け無言で迫ってくる。左の肩が脈打つように痛む。勝之助は脇差を抜いて投げた。

男は、弾き落としたが、足を滑らせて頭まで海に浸かった。あわてて立ち上がり、手で顔をぬぐう。勝之助は八相にかまえて男に迫った。刀と刀が打ち合わさり、押し合った。男の瞳に冷たい星明かりが映っている。左腕の力が失《う》せてきた。男は体をかぶせるようにして押し込んでくる。

人の声がした。松林のなかを提灯《ちょうちん》の火が幾つも走ってくる。

「勝之助さまぁ」

庄太の声だ。

「乾さまぁ、旦那さまぁ」

漁師たちの声だった。

一瞬ひるんだ男に、勝之助は体をひねって右肩から当て身を食わせた。ふらついて退いた男に、横一文字に斬りつけた。手応えがあったが、勢い余って海中に倒れた。立ち上がって海水を吐いた。

「や、どこへ消えた？」

男は浜に上がり、小屋の裏手から逃げていく。勝之助は追おうとしたが、浜辺に膝をついた。左の袖を濡らしたのは海水ではなく自分の血だった。

もう一人の侍の姿も消えていた。

庄太が呼んできた漁師たちが、提灯を掲げて松林から駆けつけた。

「乾の旦那さまは？」

勝之助は刀を落とし、左の肩を押さえてうなだれた。

砂の上に割れたひょうたん徳利が転がっている。

「父上……」

星明かりに暗い海がうねっているばかりだった。

二

読経《どきよう》の声が狭い本堂に流れている。

和尚《おしよう》は、小柄な、長い白髭《しらひげ》をたくわえた老僧だった。

冠城院亨楽寺《かんじよういんきようらくじ》。

南品川、旅籠街の山側にある小さな山門の寺に、父の遺骸《いがい》を運んだ。

乾家の菩提寺《ぼだいじ》は築地《つきじ》にあったが、検使のお調べが案外に長くかかり、蒸し暑い日中を築地まで運ぶのは如何《いかが》なものかと考えて、父と交流があった亨楽寺の和尚に頼み、品川で荼毘《だび》に付《ふ》すことになった。

葬儀のあいだ、勝之助はうなだれて虚《うつ》ろな目を伏せていた。

葬儀を終えて、姉と義兄が参列者に挨拶《あいさつ》するときも、魂《たましい》が抜けたようにぼんやりと頭を下げていた。

「ご同僚の方々はいったいどうしたのかしら」

姉の圭《けい》がつぶやいた。勘定所の父の同僚たちは一人も姿を見せていない。義兄の田宮佐門《たみやさもん》は、勘定所に勤める勘定だが、自宅で凶報を受けて駆けつけてきたので、所内の応対がどうなったのか知らなかった。

「知らせは回ったはずだが。葬儀には間に合わなかったのかな」

色白で小太りな佐門はわずかな参列者を見渡した。

旅籠百舌鳥屋の主人善五郎や釣り仲間のご隠居、釣り舟の漁師といった、父太兵衛が懇意《こんい》にしていた土地の人々が本堂に集まっている。

一人の侍が勝之助に近づいた。幼なじみの佐野九十郎《さのきゅうじゅうろう》だった。眉《まゆ》が太く、獅子鼻《ししばな》、いかつい面がまえだが、心配そうな面持ちで勝之助を見た。

「下手人《げしゅにん》は必ず突きとめてやる」

九十郎は南町奉行所の定町廻り《じょうまちまわ》同心《どうしん》だった。

勝之助はうつむいたまま微《かす》かに首を横に振った。

「……もう小半刻早く釣り小屋へ行っておれば、父上は……」

「自分を責めるな。それはわからんことだ」

「抱き起こしたとき父上はまだ温かかった」

九十郎は言葉に詰まったが、思いついたという顔で、

「おれのおやじは奉行所では人相書きの名手だった。うちへ来い。おやじが下手人の人相を描く。それを江戸中に、ばら撒《ま》けばよい。弥蔵《やぞう》にも手伝ってもらっ

て」

後ろにいる男を振り返った。弥蔵と呼ばれた男は、

「もちろんだ」

とうなずいた。弥蔵もやはり幼なじみだが、いまは町人に身を落としている。髪を糸鬢《いとびん》に結い、頬《ほお》は削《そ》げ、目つき鋭《するど》く、鋭利《えいり》な剃刀《かみそり》のような印象を与える。

「おれの稼業の筋へも触れを回そう」

「だからな、一人で背負い込むな」

勝之助は、心に届いているのか、思い詰めたように床を見つめている。

濡れ縁から足音がした。百舌鳥屋で働く若い男が駆け込んできて、善五郎を手招いている。善五郎は濡れ縁に出て、男のひそひそと告げる話を聞きながら、え？　ええっ、そうかい、それは……と眉をひそめた。

「どうかしましたか？」

田宮佐門が声を掛けると、善五郎は、困った顔で、

「いえ、よくわからないんでございますが、お役人がたがうちの宿に来て、乾の旦那さまがお使いになっていた座敷をお調べになって、私どもの簞笥《たんす》やお勝手までおあらためになっていると」

「下手人が捕まったのか……それにしても、調べるところが、どうもおかしい」

佐門は立った。

「私が行ってみよう」

「拙者《せっしゃ》もご一緒します」

九十郎が立ち上がった。

二人が出ようとすると、勝之助も立って、

「私も参ります」

と後に続いた。

善五郎と若い者が先に立って旅籠に着くと、役人たちは立ち去った後だった。

帳場の引き出しが引き抜かれ、お勝手の水屋《みずや》簞笥の中身までが床に落とされて、
それを元のとおりに片付けるために奉公人たちが立ち働いていた。

「何だね、こりゃあいったい」

善五郎がうろたえて見まわすと、女将は憤然として、

「ひっかきまわして行っちゃったよ。預かっておらぬか、隠しておらぬかって、
怖い顔で脅《おど》かして」

「預かる？　何を？」

「それを言わないのよ。乾の旦那さまが何かをここへ置いていっただろうって、それだけしか」

佐門がたずねた。

「その役人たちはもう帰ったのかい？」

「出ていきましたよ。乾さまの釣り小屋の場所を聞いて」

佐門は九十郎と顔を見合わせて首をかしげた。勝之助は思い詰めたような顔を上げた。

「下手人は捕まったと？」

「いいえ。そんなことはひとことも」

「父上の釣り小屋を……」

きびすを返して土間から外へ出ていく。佐門と九十郎は慌ててあとを追った。

勝之助は小走りになって、漁師町を抜け、海辺を進み、雑木林を抜けて浜辺の小屋に着いた。小屋のなかから、がたがたと音がする。引き戸が開け放され、内では、五、六人の侍が、何かを手荒く探していた。釣り道具を箱からぶちまけ、魚籠《びく》を放り投げている。板の間の床板を剝《は》がし、板壁を拳《こぶし》で叩き、釣り竿で屋根裏を突き上げている。

のぞきこんだ佐門は、

「勘定組頭《くみがしら》の天木《あまき》さまだ」

と驚き、

「天木さま」

と声をかけた。

天木と呼ばれた侍は小屋の外へ出てきた。

「田宮どの」

佐門は辞儀をして、

「ここは義父、乾太兵衛が生前使っていた釣り小屋でござるが」

と抗議の意をにじませて言った。

「むろん、焼香《しょうこう》を上げに来たわけではないぞ」

天木は厳しい顔でそう言った。

「下手人は捕えられたのですか？」

「いいや。よいか、勘定所支配勘定、乾太兵衛だが。さる藩にて藩の公金を横領した者に加担し、その証《あかし》を隠滅した疑いがある」

「は？　お待ちくだされ。いきなり何を？」

佐門は目をしばたたかせて乱入者たちを見渡した。

「さては、お取り調べで何か誤解をなさって」

天木は言葉をかぶせ、

「乾が殺害されたのは、その仲間割れのせい。いわば自業自得《じごうじとく》だ」

と言い放った。

勝之助が言った。

「お言葉ですが。父は清廉潔白《せいれんけっぱく》、無欲の人でござる。その、藩の公金を横領した者を、きつくお調べになってはどうですか」

「その者は江戸から逃走したのだ。おそらく口封じのために乾を殺した直後に」

天木は小屋の内を見まわした。

「乾が横領の証を隠しておらぬか調べておる。見つからなければ、品川での定宿も、岡崎町の自宅も、あらためて調べなおす」

「父上はそんな人ではない。嵌《は》められたのです。奸計《かんけい》だ。わからないのですか」

天木は、苛立《いらだ》たしげに、ふん、と嘲笑《ちょうしょう》した。

「藩の側ではすでに証が出ておる。支配勘定の身でありながら汚いことをするとは、許すまじき不届き者。調べれば他にももっと膿《うみ》が出てくるはずだ。かような悪人めは、いま頃は地獄で閻魔《えんま》さまにもきついお調べを受けておるであろう」

勝之助の足もとに、先の折れた釣り竿が飛んできて転がった。

「なんだと」

勝之助は天木に飛びかかろうとした。佐門と九十郎が抱きとめた。

「勝之助、早まるな」

勝之助は振りほどいて小屋の内に駆け込んだ。

「止めろ。ここはただの釣り小屋だ」

役人たちと揉み合いになった。九十郎は暴れる勝之助を羽交《はが》い絞《じ》めにして小屋の外へひきずり出し、一緒に砂の上に倒れた。

「これは罠《わな》だ。誰かが父上を」

勝之助は押さえ込まれてもなおあがき続ける。喪服《もふく》は乱れ、晒《さらし》を巻いた左肩が露《あら》わになる。

「何かの罠だ……父上っ」

もがいて腕を振りまわした。晒に血がにじみだした。

三

残暑の陽光が川面《かわも》に躍《おど》っている。

品川橋北詰めのたもと。

勝之助は、砂地の岸辺で、半ば朽《く》ちた小舟の縁に腰掛け、釣り糸を垂らしていた。

東海道はいつもと変わらぬにぎやかな往来で、うっすらと砂埃が舞っている。

勝之助は時折、板橋を渡って江戸へ入る旅人を見上げた。何かを見張っている鋭いまなざしだった。

川辺を吹く風は秋の涼しさを運んでくる。

背後の土手から侍が一人下りて来た。

「魚が見えておるのに。釣れてないな」

佐野九十郎だった。着流しに、黒羽織、朱房の十手を差している。腕利《うでき》きの同心という出で立ちである。

浮きの下には五寸ほどの魚が群れていた。

「潮が満ちると海の魚が入ってくる。しかし見える魚は釣れない」

勝之助は浮きを見ながらそう返した。

「近くまで来たので立ち寄った。朝から釣りとは結構なご身分だ」

「おまえこそ、そんな格好で女郎買いか」

「手配中の盗賊が品川で居つづけをしているというのでな。召し捕らえて、番小屋へ送ったところだ。ほら、これを」

と九十郎は差し出した。ひょうたんの酒徳利だった。勝之助は、ふっと顔色を曇らせた。

「これは何だ?」

「四十九日にはお役目でお参りできなくてな。精進明《しょうじん》けに」

「そうか、それはすまんな」

素直に受け取った。

「さっそく頂戴しよう。朝釣りに、朝酒だ」

顔を上げてひとくち飲み、九十郎に渡した。九十郎は、立ったままぐびぐびと飲んだ。

「百舌鳥屋に居候《いそうろう》しているのか?」

「居候ではない。きちんと宿代を払っておる。月ぎめでな」

勝之助は戻る家を失《な》くしていた。父がある藩役人の横領に加担したあげく仲間割れで背後から刺殺された一件は、お上《かみ》のお沙汰が下り、死後ではあるが役儀召放《やくぎめしはな》ちのうえ、屋敷、家財没収の闕所《けっしょ》と決まった。改易《かいえき》にならなかったのは、訴えや証が藩側から出たものばかりで、勘定所内や父の関係先からは横領の証が見つからず、勝之助と義兄の佐門が無実を主張しつづけたことが大きかった。灰色の部分を残して強引に決着したと言える。

「姉上の所には行かんのか?」

「あそこはどうも窮屈でな」

「はは、いつものおまえが戻ってきたな」

勝之助は返された徳利を手もとに置き、あらたまった表情になって訊《き》いた。

「結城友左衛門《ゆうきともざえもん》を襲った追い剝ぎは捕まったのか?」

「いいや。草津《くさつ》からは何の音沙汰もない」

結城友左衛門。父を殺したという下手人の名前だった。

四十九日のあいだに、事件についてのいろいろな事情が、勘定所や目付けの方面から入ってきた。

東海道に架かる橋の修繕を、各大名が普請《ふしん》したとき、泉州岸和田藩《せんしゅうきしわだ》では、その費用を、藩内の商人に運上金を納めさせて捻出《ねんしゅつ》していた。藩の勘定方である結城友左衛門が運上金の一部を横領し、その隠蔽《いんぺい》に幕府側で加担したのが乾太兵衛だという。結城は、礼金のことで乾と揉めて背後から刺し殺し、江戸から逐電《ちくでん》した。だが数日経って、東海道草津宿の外れで、斬殺された結城が見つかった。逃亡する途中で追い剝ぎに襲われたという沙汰だった。横領された金はけっきょくどこからも出てこなかった。

「残念だが、結城の口から真相を聞いて仇討《あだう》ちを果たす機会は失われてしまったな」

九十郎が溜め息をつくと、勝之助は険しい表情になった。

「結城は真の下手人ではない。父上と同様、誰かに嵌められたのだ」

勝之助は懐から一枚の紙を出して広げた。折り皺《しわ》のついた紙は、風貌《ふうぼう》のはっきりわかる人相書きだった。

目が細く、唇が薄い。凶相の三十年輩の男。

九十郎は手に取って、

「おやじが描いた絵だな」

「これを、岸和田藩の者、幾人かに見せた。皆、口を揃えて、これは結城ではないと断言した」

「おやじの腕も落ちちまったか」

「いや、上手《うま》く描けてる。おれを襲った男にそっくりだよ。結城は五十年輩の温厚な人だったそうだ」

九十郎は人相書きに顔を寄せた。

「じゃあ、誰なんだ、こいつは？」

「藩の者たちが言うには、志摩源次郎《しまげんじろう》という男に似ているそうだ」

「志摩源次郎？」

「藩の用人《ようにん》、荻野将監《おぎのしょうげん》の家人《けにん》だ。結城が江戸から姿を消した直後に、志摩も国もとへ急ぎの用で旅立ったらしい」

九十郎は、ふうむ、と唸《うな》った。

「岸和田、大坂《おおさか》の南のほうだろう」

「結城は東海道を西へ逃げて行った。岸和田藩はその、京大坂の先にある」

「うむ」

「とすると、藩の金を横領した人間が国もとへと急ぐのは、おかしいじゃないか」

「逃げるのなら国もとから遠ざかるはずだな」

九十郎は首をひねった。その顔が板橋を見上げた。下駄《げた》の音、荷車の音、ひづめの音が響き、往来は絶えることがない。

「ここで待っているのか？　志摩源次郎とやらが江戸へ戻ってくるのを？」

きょろきょろと辺りを見まわし、

「何だこれは」

と目を留めた。

傍《かたわ》らに、三尺（約九十センチ）ほどの縦長の木板を立て掛けてある。墨跡《ぼくせき》あざやかに、

仇討ち助太刀《すけだち》　尋《たず》ね人《びと》探索　手伝い　仕《つかまつ》り候《そうろう》

と書してあった。

「享楽寺の和尚に揮毫《きごう》してもらったんだ。おれも食わねばならんからな」

「助太刀を稼業にするのか」

勝之助は品川橋の往来を見上げた。

「やつが戻ってくるまで、この品川宿で待っているよ」

第一章　雨の永代橋《えいたいばし》

一

勝之助は夢を見ていた。夢のなかでは、皆、八歳だった。

よどんだ水の掘割に、小さな石橋が架かっている。そこは八丁堀《はっちょうぼり》の地蔵《じぞう》橋だ。橋の欄干《らんかん》に、勝之助は、九十郎、弥一朗《やいちろう》と腰掛けていた。昼下がりで、辺りに人気《ひとけ》はない。勝之助が橋のたもとを見ていると、九十郎が、

「おれは大きくなったら、武芸者になって、武者修行の旅に出るんだ」

と言った。

「勝之助は？」

「おれは、決まってる。父上のあとを継いで、勘定方の役人だ」

九十郎の家は町奉行の同心だが、九十郎は次男なので、家職を継ぐことがないのだ。武者修行という夢は、うらやましいようで、頼りなくこころもとない気が

した。

「弥一朗は？」

と九十郎が訊いた。今は弥蔵という町人風の名だが、幼い頃は長沼《ながぬま》弥一朗といった。弥一朗の父は微禄《びろく》の徒士《かち》だったのが浪人となり、母は病気で臥《ふ》せっている。

「おれは、どこかの大大名に仕官《しかん》する。それが駄目なら、医者になる」

母の薬代で家計が苦しい事情は、子供の勝之助や九十郎にも何となくわかっている。弥一朗が勉学や武芸に励《はげ》む熱心さには尊敬の思いすら持った。

「あ、来た」

九十郎が立ち上がった。弥一朗も立ち上がった。橋のたもとに、五、六人の侍の子弟が現れた。橋の幅いっぱいに広がって、下駄を鳴らしながら渡ってくる。

勝之助は九十郎と弥一朗の前に出て、橋の真ん中に立ちふさがった。

「何だ」

先頭を歩いてきたにきび面《づら》が勝之助たち三人を睨《にら》みつける。竹刀《しない》と稽古《けいこ》具を担いでいる子弟たちは十歳過ぎで、勝之助たちより頭ひとつ大きかった。勝之助は言った。

「昨日、ここで弥一朗を殴《なぐ》ったのはおまえたちだな」

子弟たちは嘲笑《あざわら》い、にきび面が言った。

「それがどうした」

「大勢で一人を殴るとは卑怯《ひきょう》だ」

「そいつは貧乏侍の小せがれのくせに塾に通ってやがる。謝礼をまけてもらってるそうだな。分《ぶん》をわきまえないやつだ。生意気なガキは殴られて当然だ」

「生意気なガキなら殴られて当然なのか」

「そうだ」

勝之助の拳がにきび面の顎を突き上げた。にきび面はのけぞって倒れ、後ろの子弟が抱きとめる。

「つまりこういうことだな」

乱闘になった。勝之助は、覆いかぶさってくる影をかわし、足を取ってよどんだ水へ叩き落とした。九十郎は相手の竹刀を奪いとって、次々と額を打っている。弥一朗は素早く足を掛けて相手を倒し、腹を蹴り上げる。

これは夢だ、と目覚めはじめた勝之助が気づいた。いや、夢ではない。正しく言うと、記憶だった。八歳の頃の、どちらかといえば、楽しい思い出。子供の頃から、おれたちはこんなふうだったな……。

横から体当たりされて、仰向《あおむ》けにひっくり返った。相手が馬乗りになって、胸を押さえつけてくる。息苦しくなった。

「おい、離せ。やめろ」

目を開いた。目の前に、猫の顔があった。

「わっ」

茶とらの猫が、勝之助の胸の上、夜具の上に座っている。

「なんで猫が。どこから入った？」

寝たまま窓に視線をやると、障子《しょうじ》が少し開き、夜明けの藍《あい》の空が見えた。

「自分で開けて……器用だな。そこから降りてくれ」

猫は降りなかった。目を細めてくつろいだ顔になり、前足を折って自分の体の下に仕舞った。

「おい、そこで寝るのか」

勝之助は天井を仰ぎ、諦めたように目を閉じる。

しばらくすると、猫の寝息と勝之助の寝息が調子を合わせるように静かに流れた。

二

乾さま、と廊下から旅籠百舌鳥屋の主人、善五郎が呼ぶ。

客の夕食が済み、後片付けに忙しい時分である。

勝之助は、万年床にあぐらをかいて、釣り竿《ざお》の手入れをしているところだった。

「あ、宿代が溜まっておったか。すまぬ、明朝は釣りに行かずに、薪《まき》割り、風呂掃除、煤払《すすはら》い、あとは何だ？　それで少しばかり払いを待ってはもらえぬか」

襖《ふすま》が開き、善五郎の馬面が非難の色を帯びた目でのぞきこんだ。

「こんなものを、また外へ出していらっしゃいましたね」

一枚の板看板を持って入り、壁に立て掛けて、汚い物を触ったといわんばかりにぱたぱたと手を払った。

縦長の、三尺ほどの木板に、
仇討《あだう》ち助太刀《すけだち》　尋《たず》ね人《びと》探索　手伝い仕《つかまつ》り候《そうろう》

と達筆《たっぴつ》で墨書《ぼくしょ》してある。文字は揮毫《きごう》されてから二年が経ち、雨風にさらされ薄れていた。

「あ、いや、言われたとおり、往来に出してはおらんぞ」

「玄関の土間に立て掛けてありました。同じことでございますよ」

「すまなかった。このところ、手元不如意《ふにょい》で……」

善五郎は、ふう、と溜め息をつき、

「お金よりももっと大事なものが失《う》せてきたご様子で」

とつぶやく。

「何がだ?」

「ご本懐《ほんかい》を遂《と》げようという覇気《はき》、とでも申しましょうか……」

板看板を見下ろして、下唇を突き出し、

「そのお客さまです。ようございましたな。お稼ぎなさいませ」

一人の侍を招き入れると廊下に出て、襖をぴしゃりと閉めた。

「ああ。さあ、どうぞ。ん?」

思わず勝之助は絶句する。

侍の格好をした、若い女だった。

背割り羽織《ばおり》に野袴《のばかま》。柄袋《つかぶくろ》を掛けた太刀を片手に提《さ》げている。この品川宿を往来するおおかたの武士と同じような旅装束で、夕食を済ませずにそのままこの部屋へ来た様子だった。

歳の頃は十四、五か。髪は後ろでひっつめて背中に垂らしている。きりりと締まった表情の、少年剣士のような、だが少女である。さっと板看板を指さした。

「これは、貴殿のものでござるか」

厳しいまなざしで、釣り竿を手にした二十代半ばの素浪人を品定めしている。

勝之助は竿を置き、万年床の上に正座した。

「さよう。拙者、乾勝之助と申す。まあお座りなされ」

少女は座布団に端座《たんざ》した。雑然と散らかった室内を見まわし、勝之助を見据えた。

「突然お訪ねして失礼いたします。わたくしは、雲州《うんしゆう》松江《まつえ》藩馬廻《うままわ》り役、戸井宗《といむね》茂《しげ》の娘、さちと申します。父宗茂に同道し江戸へ向かう途次《とじ》、たまたまこちらに投宿し、玄関で、その看板が目に留まったのでございます」

勝之助は顔を輝かせた。

「なるほど、つまり、何かの助太刀、手助けをご依頼に来られたのでござるな」

「さよう。しかしながら、お見受けするところ」

さちの右手がすばやく伸びた。傍《かたわ》らの畳に落ちていた扇子《せんす》が小柄《こづか》のように飛んだ。

「痛《いた》っ」

勝之助がおでこを押さえた。額に命中した扇子が床へ転がり落ちた。

「何ですか、いきなり」

「失礼つかまつった。残念ながら、貴殿の腕前では」

さちは侮蔑《ぶべつ》の色を浮かべて立とうとした。勝之助は、おでこをさすりながら、

「待たれい。江戸は広うござるぞ。かたきの居どころはご存知か」

「なぜ仇討ちだと？」

「腕前が必要ということは、そういうことでござろう。して、相手はどこに？」

「いえ、まだ」

「それでは難しいな、見つけるのは。砂浜でひと粒の砂を探し出そうとするがごとし。大江戸八百八町で人を探すには、それなりのやりかたと伝手《つて》が要《い》ります」

さちは、尋ね人探索の文字に目をやった。

「拙者はこの稼業を二年近くつづけておる者。経験豊富。信用堅固《けんご》。拙者にすべてお任せあれ。前払いで、金二朱。あとは本懐を遂げた報いとして、金一両。されどこれは仇討ち助太刀の場合。探索手伝いは格安にてお引き受け申す。委細《いさい》は相談のうえ」

勝之助はひと息にそう言ってにっこりと笑った。

「ひと粒の砂を、どのようにして見つけるのですか」

「噂《うわさ》の網を手繰《たぐ》るのでござるよ」

「噂の網？」

「江戸府内に流れる噂は浜辺の真砂《まさご》のごとし。日の当たる表に流れる噂も、闇に隠れて裏でささやかれる噂も、拙者の持つ人脈でなら、網にからめとってたどることができます。まあ、最後の詰めは足で探すことも多いのですが」

さちは半ば迷いながら言った。

「……では……試しに、一日二日、お願いしてみましょう」

「そうなさい。この宿で旅の疲れを癒してお待ちくだされ。連泊ならば宿代も割引きします。拙者が主人に話をつけておきますから。ところで、仇討ちの相手は、どのような？」

さちは厳しいまなざしを まっすぐ勝之助に向けた。

「かたきは、戸井千代《ちよ》」

「千代? おなごか?」

「父宗茂の妻。わたくしの、母でございます」

三

女敵討《めがたき》ちである。夫が妻を討つ。たいていの場合、不義密通の成敗で、相手の男ともども二つ重ねにして斬り捨てる。勝之助は、思わず、さちの顔を眺め、ちょっと戸惑った表情を浮かべたが、

「承知つかまつった。お任せくだされ」

とうなずいた。

さちは思い詰めた表情で、

「よろしくお願い申します」

ぽつりと言い、黙り込んだ。勝之助はおでこをさすり、

「……もう少し聞かせていただけますか、その、仔細《しさい》やいきさつ、母上や相手の

顔かたち、手掛かりなどを」

「それなら、父も交《まじ》えてのほうがよろしいかと。わたくしどもの部屋へおいで願えますか」

「念のためにお訊きしておきますが、さちどのが拙者のところへ来たのは、お父上のご意向でござろうな？」

「いえ。なれど、父は、わたくしが決めたことに否《いな》とは申しませんので」

　さちは立って、勝之助を二階に案内した。曲がり廊下を渡り、端の部屋の襖を開けた。

　部屋は暗かった。

「父上、灯《あか》りも点《つ》けずに」

　さちは叱《しか》るように言った。

「あ？　ああ」

　開いた障子窓の桟《さん》に腰を下ろして、中年の武士が旅装のまま往来を眺めていた。

　宵闇《よいやみ》が降りたばかりの初夏の品川宿である。軒を並べる旅籠や飯屋の灯火もまばゆく、客を呼び込む声、声高《こわだか》に掛け合う旅人の声、店から洩れる嬌声《きょうせい》が響いている。

行灯が灯った。

「父上、さっき話していた、探索手伝いの方に来ていただきました」

戸井宗茂はのっそりと立ち上がり、頭を下げた。

「どうも。このたびはお世話になり申す」

中肉中背、まじめで人の良さそうな風貌《ふうぼう》だった。月代《さかやき》に無駄毛が伸び、髷《まげ》が少し曲がって、無精髭《ぶしょうひげ》も浮いている。往来を眺めていたのと同じ、ぼんやりとして疲れた目で勝之助を見た。

さちが素早く座布団を出し、勝之助は宗茂と対座した。

「お探し申すのは、お内儀《ないぎ》の千代どのと相手の男。江戸ご府内に潜伏中ということですな」

潜伏という言葉に、宗茂の視線がちらと揺れた。

「さようでござる」

「どのようにして、それが知れたのです？」

「千代は、一年ほど前、生田尚春《いくたなおはる》という藩士と駆け落ちしたのですが、当藩の江戸詰めの同僚から日本橋界隈《にほんばしかいわい》で生田を見掛けた、と知らせがありました」

「日本橋界隈に、生田と関わりのある人物でも？」

「以前、生田の実家に、伊之吉《いのきち》という奉公人がおりましたが、出奔《しゅっぽん》して、江戸深《ふか》川《がわ》辺りにいるらしいとの噂がありました。生田は伊之吉を頼ったのかもしれません」

「なるほど。深川といえば、永代橋《えいたいばし》で日本橋界隈とつながっていますね」

「いかにも」

宗茂がうなずくのを見て、勝之助はたずねた。

「戸井どのは江戸の地理にはお詳しいのですか」

「はあ。拙者、殿の江戸表《おもて》ご参勤にお供して、一昨年、江戸詰めをしておりました。妻千代の不義は、その間のことにて……」

「そうでしたか。いや、それなら、拙者の出る幕ではござらぬようですな」

「は？　なにゆえ？」

「江戸の町をご存知だ。そこまでわかっているのなら、ご自身で探索なされようものを」

「いやあ、それがですな……」

宗茂は首をかしげ、頭をぽりぽりと掻《か》いた。

「その、出奔した伊之吉という者ですが、松江にいた頃から、いささか、悪《わる》でござってな。ご城下に居られなくなって江戸へ逃げてから、どうやら、本物の悪の一味になったそうで、表向きの居場所をくらましているとか。生田がそれへ合流したとなると、とても拙者ごときには」

吐息を洩らした。

「なるほど。そういうことであれば、承知しました。蛇《じゃ》の道は蛇《へび》、拙者にはそちら方面の伝手もあるので、何とか探ってみましょう」

「かたじけない」

「それにしても、生田尚春は、武家の風上にも置けぬ人物のようですね」

「まじめな好青年と見えたのですが……殿のお小姓《こしょう》を勤めて容貌《ようぼう》優《すぐ》れ、文武に秀《ひい》でて……拙者の見る目がなかったのか……」

「お内儀をたぶらかすとは。いったいどこで知り合ったのでしょう」

宗茂は、無言でひかえているさちを見やって、目を伏せた。

「さちのいいなずけでござる。拙者が殿に、養子縁組を願い出て、わが家に出入りさせていたのでござるよ」

四

戸井家は代々、藩の馬廻り役を勤める家柄で、百五十石の知行をいただいている。宗茂の実直な勤めぶりに殿のお覚えもめでたく、江戸表ご参勤の際もお供に召しつれていかれた。

出立の前に、宗茂は、妻女の千代と相談して、一人娘のさちに婿養子をとることにした。さちには少し早いかもしれなかったが、きまじめな宗茂は、江戸詰めのあいだに万が一不慮の事態が起きても家督相続に憂《うれ》いを残さぬように、と考えたのだ。

何人もの候補者を探して、二十二歳だった生田尚春を、さちのいいなずけとし、宗茂帰藩の後に婿養子として戸井家に入ってもらう約束を交わした。

ところが、一年間の江戸詰めを終え、宗茂が帰ってくる日の前夜、尚春と千代が姿を消した。国もとに戻った宗茂は、懸命にふたりを探した。だがいっこうに行方が知れない。

そんな宗茂に、奉公人の女中が、そっとささやいた。旦那さまがお留守のあいだ、奥方さまと生田さまがこっそりと逢《あ》っておいででした、と。

宗茂は、千代が見つかるまではと密告を聞かなかったふうにして過ごしていたが、女中があちこちで言い触らしたせいで、千代の実家にその噂が伝わり、千代の実父が戸井家に押しかけてきた。実父は悲憤慷慨《ひふんこうがい》し、家名を汚した千代を許してはおけぬ、宗茂どの、女敵討ちにお出なされよ、妻に後ろ足で砂をかけられた武士などは、殿もお許しにはならぬ、このままでは戸井家は改易でござるぞ、と詰め寄り、宗茂の反応が鈍《にぶ》いのに苛立って、宗茂が女敵討ちに出ると勝手に城下中に触れてまわった。

宗茂は女敵討ちの旅に出た。わたくしもお供しますと、さちがついてきた。

「……というわけでござってな」

「そうでしたか。ご足労に存じます」

「いやあ、大層くたびれました。松江から江戸はやはり遠いなあ」

宗茂は両肩をぐるぐる回して頬の無精髭を手のひらで撫《な》でた。接してみれば鷹揚《おうよう》な人柄で、話す口調もどこかのんびりしていた。


さちと宗茂から依頼を受けた翌朝のことである。

勝之助と宗茂で品川から北へ歩いている。

東海道沿いに松林がつづき、青い海原に帆を張った弁才船《べざいせん》が動いていく。宗茂は潮風を吸い込み、ふあああ、と大きなあくびをした。

明るい風景のなかでは、なまぐさい話など遠い出来事のように感じられた。

「戸井どのは、怒っておられぬのですか、お内儀に対して」

思わず訊いてしまった。

宗茂は水平線に目を向けていたが、

「千代は利発な女です」

と言った。

「周りのこともよく見える。その目が、曇ってしまったのかなあ」

「人は、よくわからないものですね」

「乾どのにもご経験が？」

「いや、拙者は独り身でして」

さちは宿に残してきた。危険なところへ行くかもしれないからと言って、不満顔なのを置いてきたのだった。

宗茂は言った。

「実は、濡《ぬ》れ衣《ぎぬ》なのでござるよ、あの二人は」

「えっ？」

「悪いのは、拙者に密告した女中でござる。その女、家に出入りする生田に、横恋慕しましてな。ひそかに恋文を手渡したりしておったのです」

「生田尚春に？」

「はい。生田は相手にしておらなんだが、あまりにしつこいので、はっきりと意見しようと考えたのです。それで、あるとき、女からの文に、夜帰ると見せかけてわたしの部屋にこっそりおいでください、と誘うのに応じるふりをして、女の部屋に忍び込んだのです。ところが、千代は千代で、女のふるまいに気づいていて、気をつけていた最中、尚春がそれに応じようとしているのを察しました。それで、その夜、女に急な用事を言いつけておいて、自分が女の部屋へ行き、忍んできた尚春に、どうなっているのかと問いただしたのです。だが、二人が暗い部屋でひそひそ話しているところを、逆に女に見られた」

「そうだったんですか。それぐらいのことなら、周りからとやかく言われる筋合いはないのでは」

「そこからでござるよ、女中の邪心がねじれたのは。千代と尚春が不義密通しているとあらぬ噂を流したあげく、拙者が帰る前に、千代の文箱を漁《あさ》って、尚春と千代の誓紙《せいし》を奪ってしまった」

「誓紙とは？」

「尚春が身の潔白を誓った文です。先般《せんぱん》お誓いしましたとおり他の女には色がましきふるまいは致しませぬ、と血判《けっぱん》を押してありました。女中の横恋慕を二人で相談して内々に処置したことについての誓紙ですが、女中は、逆に、不義密通の証として悪用しようと考えたのでござる。事の詳細を記していない文ですから、不義密通の証と言われて読めば、尚春と千代のあいだにあたかも何かあったかのごとく誤解もできる文言でした。紀律厳しき藩ゆえ、不義となれば討たれるは必《ひっ》定《じょう》。千代から誓紙の紛失を知らされ、尚春は、あとさきの分別をなくして、拙者の戻る前日に城下から逃げ出してしまった。若気のいたりですな。それを聞いた千代は、おおごとになる前に連れ戻そうと、尚春のあとを追った。しかし追いついたのは、どうやら、殿のご帰藩の後のようで……間に合わなかった。もはや戻るに戻れず、駆け落ち、逐電《ちくでん》というかたちになってしまった。それまでは、潔白の身だったのでござるよ」

自分の失態のように肩を落とした。

「拙者は、女中の密告を聞いたとき、どうもこの女は怪しいなと疑ったのでござったが、真実を白状させるのに日にちが掛かりました。もともとは潔白だった二人も、もうその頃には、手に手をとって、松江から遠くへ行こうとする仲になってしまったのでござろう」

「この話は、さちどのは？」

「知りません。あの子はまだ十四ですから。知れば決意が鈍るかも」

「決意が……確かにそうだ。旅に出て一年も経っていますしね」

宗茂は勝之助の横顔を見た。

仇討ちの本懐を遂げようという覇気が失せてきたのではないか。昨夜善五郎に言われた言葉がよみがえっていた。父が死んで二年が経つ。事情を知っているだろう志摩源次郎なる男はいまだに行方が知れない。これまでに他人の仇討ちを助太刀することで自分の意志も強く保ってきた。頼まれて人探しをすることで江戸府内の噂に網を広げ目を配ってきた。そうしているうちに自分は待ち疲れてきたのかもしれない。

「あ、いや、何年経とうが気を引き締めねばなりませぬな」

片頬で笑った。

勝之助は、本芝釜屋横丁《ほんしばかまやよこちょう》の裏路地に面した店を訪ねた。

間口一間半、小さな看板に「蔵回り　御つかい物」とだけ墨書している。質流れ品を売買する業者である。

雨戸が閉まっていた。勝之助は、

「おおい、弥蔵」

と呼び、雨戸をどんどんと叩いた。内はひっそりとしている。

「おかしいなあ」

そこから芝橋《しばばし》南詰め、橋のたもとにある一軒の居酒屋をのぞいた。薄暗い土間で、仕事にあぶれた馬子《まご》や船頭《せんどう》が床几《しょうぎ》に座って朝から呑んでいる。勝之助は店の若い女を手招きした。

「弥蔵が来ておらぬようだが、居どころを知らぬか？」

子供の頃からの遊び仲間だった弥蔵は、今は町人となり、裏の世界で生きて、ちょっとした顔役になっている。火の玉の弥蔵と呼ばれ、界隈《かいわい》では名が知れており、蔵回りは表向きの看板だった。

「この頃、顔を見ませんよ」

「そうか。酒を慎《つつし》んでおるのか。珍しいな」

背を向けた勝之助の袖をつかんで、若い女は道端まで出てきた。

「噂だけど」

ささやいた。

「どこかの連中と揉《も》めてて、隠れてるらしいですよ」

「どこに？」

「知らない。でも、こんなこと、これまでになかった」

不安そうに首を振った。

五

「蛇の道は蛇、と思ったのですが。裏の道が駄目なら、表がござる」

勝之助は、さらに八丁堀まで歩き、地蔵橋そばの、定町廻り同心で幼なじみの佐野九十郎宅を訪ねた。九十郎は次男坊だったので、十代の頃は、家を出て武芸で身を立てたいと言っていたが、兄が同心になってすぐ捕物の際に賊に不意を突かれて殉職《じゅんしょく》し、けっきょくは九十郎が家職を継ぐことになったのだった。

玄関脇の六畳間に出てきた九十郎は、寝間着姿で、座布団にあぐらをかくと寝ぼけまなこで勝之助と宗茂を眺めた。眉《まゆ》の太いいかつい風貌が不機嫌そうだった。

「何の用だ、朝っぱらから」

「もう日は高いぞ」

「ひと晩中、押し込み強盗どもと追っかけっこをしておったのだ。さっき床に入ったばかりだ」

「捕まえたのか」

ふん、とふてくされた。

「寝入りばなを起こしてすまんが、人を探しておる」

「人探しなどは自身番《じしんばん》を訊いてまわればよい」

「それが、裏の道のことでな。深川辺りに潜んでいる伊之吉といって、雲州松江からの流れ者だ。悪い連中とつるんでいるらしくて」

九十郎は、はっと顔を上げた。腕利き同心の鋭い目になり、宗茂を観察した。

「どうだ九十郎、伊之吉という名を聞いておらんか」

「そちらのご仁《じん》は？」

声の調子も鋭くなった。宗茂は頭を下げた。

「松江藩の戸井と申します。わけあって伊之吉の居どころを探しております」

「わけ、とは？」

「お恥ずかしいことながら、拙者は女敵討ちの途次にござる。妻千代と姦夫《かんぷ》の生田尚春なる者が、同郷の伊之吉のもとに立ち回ったと思われるゆえ、その居どころを探しております」

九十郎は厳しい顔になり腕組みをした。

「どうした九十郎？」

「その、伊之吉だ。はやての伊之吉。はやて組という盗賊のかしらだよ。さんざん追っかけまわしても捕まらねえ」

「では、昨夜も、そのはやて組が？」

「この半年ばかり、市中を騒がせておる。質屋ばかりを狙う押し込み強盗だ」

「はやて組。聞いたことがある。生き証人を残さない、残虐《ざんぎやく》なしわざをする、と」

「だからな、こっちが知りたいんだ。悪党どもの居どころを」

勝之助は、ふと思い至った。

「さっき、弥蔵のところを訪ねたのだが、姿がなかった。あいつ、商売柄、質屋とつきあいがあるはずだが……」

弥蔵は、蔵回りの看板を掲げて質回り品を売買しているが、表の流通に乗せられぬいわくのある品物も闇で動かして金にしている。闇の流れを仕切って、裏の世界のいい顔であり、厄介ごとに巻き込まれた質屋たちを守ってもいた。

九十郎は、

「はやて組と闇で争っているのさ。親しい質屋が何人も殺《や》られたからな。裏に潜《もぐ》って苦戦しているとなると、弥蔵も危ないぜ」

と言い、宗茂に向いた。

「戸井どの、その、生田尚春の顔かたちを教えていただきたい。お内儀の容姿も。しばし待たれよ」

立って紙と筆を取りに奥へ戻っていく。

勝之助が振り返ると、宗茂は情けなさそうな顔で肩を落とした。

「千代が、盗賊の仲間に……どうか、さちには内密に」

六

薬種屋、菓子屋、蠟燭《ろうそく》問屋、と商店が軒をつらねるなかに、表戸を閉ざした家がある。

戸板に蹴破《けやぶ》られた割れ目が走っている。窓格子は焼けて崩れ落ち、窓に板切れが打ちつけてあった。

日本橋音羽町《おとわちょう》。はやて組に襲われて一家皆殺しに遭《あ》った質屋だった。九十郎に教えられて立ち寄ったのだったが、陰惨《いんさん》な気配が刻まれた凶行の現場に、勝之助は眉をひそめた。

「むごいな」

宗茂も血の臭いを嗅《か》いだような顔になっている。

「伊之吉めも畜生道《ちくしょうどう》に落ちたものでござるよ」

西の方角を眺めた。

「日本橋はあっちですな」

勝之助は東のほうを指さした。

「こっちへ行けば深川だが、賊は真夜中に永代橋を渡るわけにもいくまい。道の途中に同心与力の組屋敷もありますから。この界隈で質屋を襲った後は、東ではなく西へ逃げるでしょう。はやて組は西のほうに隠れ家を用意しているのでは」

「江戸詰めの藩士が尚春を見掛けたのは、ここより西の、日本橋界隈だったと聞きました」

「となると、生田は、はやて組の隠れ家にいると考えられますね」

万町《よろずちょう》、平松町《ひらまつちょう》を歩き、日本橋通りをまたいで、呉服町《ごふくちょう》、西河岸町《にしがしちょう》から元大工町《もとだいくちょう》、数寄屋町《すきやちょう》辺りまでまわってみた。

日本橋通りに戻り、佃煮屋の軒先にたたずむと、宗茂は往来をうつろな目で眺めた。

「はあ……人が多い……」

「江戸ですから。やはりまず、はやて組のことを知っていそうな弥蔵を探しかないか……」

その時、宗茂が、

「あっ」

と声を洩らして、往来を凝視《ぎょうし》した。

二十代半ばの女が歩いていく。勝山髷《かつやま》に、青紺白の縦縞の単衣《ひとえ》。商家の女中といった身なりだが、切れ長の目がきつく、どことなく蓮っ葉《はすっぱ》な雰囲気がある。女は、視線を察したのか、歩きながら軒下の勝之助らに目を向け、そのまま往来に紛《まぎ》れていった。

「あき乃《の》……」

「誰でござるか？」

「以前、生田の実家で働いていた女中だ……城下から姿を消したので在所へ帰ったものと思っておったが。あき乃も江戸へ出てきているとは。もしや伊之吉のところに……」

「あき乃とやらは、伊之吉とは知り合いでしたか？」

「同じ時期に伊之吉と働いておりました。松江の城下では、一緒に悪い仲間とつるんでおったので、ひょっとすると今も一緒に……」

「尾《つ》けましょう」

勝之助は往来に分け入った。

ふと振り返ると、宗茂は軒先にたたずんだまま、動く気配を見せない。

「どうしたのですか」

「ああ、いや」

片手で格子にすがり、目を伏せ、もう一方の手で腰を叩いた。

「歩き疲れたのか、腰が痛んで……これ以上は、どうも……」

勝之助は往来を見、宗茂を見た。

「拙者が、あき乃の行く先を突きとめてきます」

「お頼み申す。拙者は、ゆるゆると、品川の宿へ戻りますので」

そこは日本橋通りの三丁目だった。勝之助は女を追って北へ向かった。

日本橋を渡り、右手の魚河岸《うおがし》に、あき乃の後ろ姿を見つけた。買い物をするふうでもなく、乾物屋の角を折れて雲母橋《きらず》のほうへ足早に歩いていく。

伊勢町《いせちょう》堀《ぼり》の手前で、長屋木戸をくぐって裏長屋へ入っていく。表店は酒屋だった。

あき乃は路地を奥へ進み、行き止まりの一軒に入っていった。

勝之助は、井戸端で周囲を見まわしたが、人気《ひとけ》がない。暮らしの匂いがしない、何やら殺伐《さつばつ》とした気配の長屋だった。

表へ引き返して、酒屋にぶらりと入ってみた。

薄暗い土間の端に細長い床几が並び、着流しの男たちが昼間から静かに酒を呑んでいる。

鶴のように痩《や》せたおやじが、勝之助の床几に酒と干しいかを運んできた。勝之助は猪口《ちょこ》で一杯呑んで、

「おやじ、さっき、裏の長屋へ、いい女が入っていった。切れ長の目の、ちょっと気の強そうな」

おやじは、それが目当てでここへ立ち寄ったかと馬鹿にした顔で、

「そうですかい」

と受け流した。

「うむ、なかなかいい女だった」

そばで呑んでいる男が声を掛けてきた。

「旦那、いい女なら、いますぜ。遊びませんか」

親指を立てて二階を指した。目つきが悪く、口もとだけ笑っている。

「ほう、ここはそういう場所か。おれが見た女は呼べるか?」

「ほかの女なら呼べますぜ」

「二階に貸し部屋があるのか」

「へい」

勝之助はもう一杯呑んで、床几に銭を置き、スルメをつまんで立ち上がった。

「やめておく。あの女がいい」

男たちの刺すような視線が背中に飛んできた。

「けっ、まるで駄々《だだ》っ子《こ》だぜ」

背後で吐き捨てる声がする。かまわずに外へ出た。

七

品川の自分の部屋に戻ると、障子窓に西陽が射《さ》している。

「乾さま」

襖が開いて善五郎がのぞいた。顔が怒っている。

「困りますよ、あんなことをされては」

「え？　看板はここにあるが」

「違います。さちさまのことですよ」

「あの娘が何か？」

「朝から働きづめです。廊下拭《ふ》き、風呂掃除、煤払い、いまは裏庭で薪を割っていらっしゃいます」

「どうしてそんなことを？」

「乾どのが宿代を割り引くようにと無理強《じ》いをしたでしょうから、そのぶん、わたくしが働きます、とおっしゃって。それと、乾どのは探索にご助力くださっているのだから、乾どのの宿代のぶんも働きます、と」

「ええっ？」

「まだ子供なのに、あんなことをさせるなんて」

「知らん知らん、勝手に気をまわしてやっておるのだ」

「あなたがそんな方だとは存じませんでした」

勝之助は障子窓を開けて裏庭を見下ろした。

昨夜と同じいでたちのさちが斧《おの》を振り上げている。

勝之助は、階段を下り、台所を抜けて勝手口から出た。

さちは、台に立てた薪を、斧をまっすぐに振り下ろして割っている。夕刻の陽を映《うつ》した茜《あかね》色の筋が走り、薪はきれいにふたつに割れる。勝之助はその所作に見惚れた。さちが振り向いた。

「見事でござるな。剣の筋も相当な遣《つか》い手とお見受けします。松江では、どちら

ですね」
「宗茂どのに？　そうでしたか、それならますます拙者などの出る幕はなさそう
「家で父の教えを受けました」
の道場に？」

さちは不満そうに口の端をゆがめた。

「手掛かりを見つけたのですね」

「え？　わかりますか」

「さっき父が帰ってきて、腰が痛いといって床《とこ》に入りましたから」

瞳に侮《あなど》りの色を浮かべた。

「父は、いつもそうなのです。母の居どころがわかりそうになったり、母に追いつきそうになったら、腰が痛いとか腹を下《くだ》したとか言って寝込んでしまう。その度に母はまた離れてしまう」

思い詰めたまなざしを向けてきた。

「そうなるだろうとわかっていたから、わたくしは松江からついてきたのです。わたくしが、父の背中を押さねば、母に追いつけない。いつまで経っても追いつくことができない」

勝之助は驚いた顔になったが、柔らかい表情になり、さちの手から斧を取った。

「さちどのもお休みなさい。気を張っていては疲れが溜まります。拙者は明日も探索をつづけますが、わかったことは、さちどのにお伝えしますから」

「じっと座してはいられません」

「たまにはひと息入れないと。さちどのは今日一日で二日分働かれた。明日は旅の疲れを癒してくだされ」

さちは、かたくなな表情を崩さなかったが、ふいに瞳がうるみ、涙があふれた。顔を伏せ、小走りに勝手口に入っていった。

八

翌朝は曇り空で生あたたかい風が吹いていた。

勝之助が朝餉《あさげ》を済ませて宿を出ると、品川橋のたもとに、さちが大小を差して立っている。

「わたくしも参ります」

きりりとした面持《おもも》ちで言った。勝之助は、

「いや」

と口を開いたが、さちの瞳を見て、

「好きになさい。依頼主はあなただ」

と橋を渡った。

東海道の浜辺は波の音が高かった。灰色の海原に白波が立ち、帆船の影はない。さちは勝之助の数歩後ろを黙ってついてくる。

「お父上の具合は？」

「床に伏せっております」

あとは黙っている。

「松江の藩主松平《まつだいら》家といえば神君家康《しんくんいえやす》公のお血筋だ。ご城下も、さだめし由緒《ゆいしょ》ある道場が多いのでしょうね。お父上の流派は？」

「白潟新流《しろかたしんりゅう》です。剣術に柔術を組み込んで、父が開きました」

「流派を開かれたのですか。それは、かなりの腕だ。さちどのを見ていればわかります」

「父は、剣の腕前は藩随一です」

「生田尚春と斬り合っても……」

「父が勝ちます。生田は、そこそこの腕ですが、所詮《しょせん》はお小姓あがり。文弱の類《たぐ》いかと」

醒《さ》めた口振りだった。勝之助は首をかしげた。

「それなのに、あんなふうに寝込むのか……さちどの、立ち入ったことを訊きますが、お父上の本心は」

「本心など……。見つければ斬り捨てるのみ」

勝之助の言葉を断ち切って厳しく言った。問答無用の響きがある。

「乾どの、これからどこへ向かうのですか？　昨日、何を見つけたのです？　お聞かせください」

日本橋通りであき乃を見掛け、伊勢町堀近くの裏長屋まで尾けたいきさつを話した。

「いまからそこを訪ねるのですか」

「正面から行けば、あき乃に逃げられます。まずは、周りで聞き込んだり、見張ったりというところから」

「まどろっこしい。踏み込んで、あき乃をひっ捕らえ、知っていることを白状させましょう」

「いや、それは……もしあき乃がお父上に気づいていたのなら、あちらは、返り討ちにしようと手勢を揃えて待ちかまえているかも」

「手勢？　仲間がいるのですか？」

「あ、いや」

「乾どの、隠していることがありますね」

まっすぐな目の力に、勝之助はたじたじとなった。

「さちどのに無茶をしてほしくないので言っておきますが。この頃、江戸で、はやて組という盗賊が暴れています。どうやら、生田の行方を知る伊之吉は、そのかしらであるようです。あき乃もまたその一味かと」

「伊之吉……」

険しい顔になった。

「母上と生田は……伊之吉と……」

「さちどの、今日は、自重して、拙者に従っていただきたい」

納得したのかしていないのか、険しい顔のまま考え込んでいる。

魚河岸から道を折れて、伊勢町堀の手前で、昨日の長屋木戸をくぐった。井戸端から人気《ひとけ》のない路地の奥をうかがう。

「あき乃は、突き当たりの、あの家へ入っていきました」

さちは辺りを見まわした。

「ここにずっと立っていては目立ちますね。あ、あそこがいい。あそこから見張りましょう」

路地を見下ろす位置にある二階の障子窓を指さした。表店の酒屋の建物だった。勝之助は首を横に振った。

「あそこは、たちの良くない場所ですから。いかがわしい貸し部屋が」

「貸し部屋。ちょうどいい」

さちは道へ引き返して、のれんもまだ出していない酒屋の戸を開け、土間へ入っていった。

「頼みます」

暗い台所から店のおやじが顔をのぞかせた。

「二階の部屋をお借りしたいのです」

「はあ?」

おやじは後ろからついてきた勝之助を見て、

「こんな昼間っから、娘っ子と……」

顔をしかめたが、さちが一朱銀を出すのに、

「ああ、空いてますよ」

と手のひらを差し出した。

二階の五畳間は湿っぽく、饐《す》えた臭いがした。案内したおやじが、

「布団を」

と押し入れを開けると、さちは、

「あ、布団はいりませぬ」

おやじを廊下へ押し出して襖を閉め、奥の障子窓を一尺ほど開けた。

路地と、両側に並ぶ裏長屋がよく見える。さちは窓際の畳に正座して見張りはじめた。

「乾どのは他のことをしてくださってもかまいません」

背中でそう言った。

「拙者だけが外へ出たら、おやじが怪しむでしょう」

一人にしたら、何をしでかすかわからない。

勝之助は、さちの後ろ姿に目をやり、畳にどすんと腰を落とした。

さちは彫像のように背筋をぴんとのばして路地を見つめている。

「途中で替わりますよ。さちどのも休憩なさい」

「大丈夫です」

勝之助はあくびをした。

「さちどのは……」

さちは、ちらと返り見た。

「何ですか？」

「いつも気を張り詰めておられるようだ。疲れませんか」

「いたって壮健です」

「体ではなくて……何というか、自分の本当の気持ちを外に出さぬように、ずっと身がまえているみたいで……」

さちの背中がその指摘を拒んでいる。勝之助は腕組みをして汚れた壁を眺めた。

「立ち入ったことばかり申すが、さちどののお父上は、どうも、母上を討ちたくないようで……」

「もともと不義などは濡れ衣ですから」

「え？」

勝之助は驚いた目を向けた。

「さちどのは、まことのいきさつを聞いておられるのか」

さちは背中を向けたまま、

「この旅に出る前に、生田に近い者から聞きました。父は何も教えてくれませんけれど」

と言った。

「さちどのがすでに聞いているということを、お父上はご存知ない。お二人はすれ違った気持ちのままで旅をつづけておられるようだ。一度話し合ってみてはいかがです？」

「……こんなふうになってしまったのは、わたくしのせいなのです。あのとき、わたくしが、母を止めていたら……母を追いかけていたら……」

さちの肩が震えた。吐く息も震えている。

「あの日、わたくしは城下の外れで、お殿さまの行列が見えないかと、街道を眺めていました」

「あの日とは？」

「参勤交代でお殿さまと父上が江戸からお戻りになる日でした。行列のなかには父上がいらっしゃる、早く来ないかと待っていたのです。すると、母が街道を歩いていくのが見えました。先を急ぐように、城下を離れていくのです。供もつれず、あんなに急いで。いったいどこへ、何のご用なのだろう。後ろ姿に向かって、母上、と呼んで手を振りました。母は歩みを緩め、辺りを見まわした。わたくしは、母の顔がこちらを向く寸前に、そばの木陰《こかげ》に身を隠しました……離れていても、母の様子に異様なものを感じ取ったからでした。お家の火急の事態なのか。父上に関することなのか。わたくしは木陰を飛び出して、街道のほうへ小径《こみち》を行きかけましたが、母の姿は、どんどん遠ざかっていきます。追いかけようとしたけれど、足が前へ出ない。何か、踏み出すのを拒まれているような……母の後ろ姿から強い思いが発しておりました。あのとき、わたくしが追いついて、引き戻せばよかった」

「そうでしたか……」

「母はそれきり戻らなかった……」

さちの心の痛みに触れてしまったようだ。勝之助は汚れた壁に目を戻した。そのまま時が移った。

ごつ、と鈍い音がした。

さちが、正座のまま、うとうとして、前に傾き、額を窓の桟にぶつけたのだった。さちは、はっとして、背筋をのばし、きょろきょろと辺りを見まわし、勝之助を振り向いた。

勝之助は目を閉じて寝ているふりをした。

九

勝之助は、うとうとしていた。

「母上」

さちの叫ぶ声で、はっと頭を上げた。

さちは障子窓を勢いよく開いて、立ち上がった。

「母上っ」

大声をあげる。勝之助は窓辺へ寄った。

眼下の路地の、突き当りの長屋から、紺の単衣に臙脂《えんじ》の帯をしめた三十代半ばの女が出てきたところだった。女は驚いて周囲を見まわしている。

女はこちらを見上げた。痩せてやつれているが美しい。さちを認めて、驚きに怯《おび》えが混じったようだった。

若い武士が出てきて、女に駆け寄り、こちらを見上げた。鼠《ねずみ》色の着流し姿で、色白の美男だ。男は驚愕の色を浮かべ、女の肩を抱いて家のなかへ入れようとする。

「生田っ」

さちは窓から飛んだ。

「さちどのっ」

勝之助は身を乗り出した。

窓の下は一階の瓦《かわら》屋根だった。さちは屋根から、長屋の屋根へと飛び移った。屋根を伝い、路地へ飛び降りようとする。

別の長屋から女が様子を見に出てきた。あき乃だ。さちが屋根にいるのに気づくと、土間に戻り、奥に声を掛けた。四、五人のやくざ者ふうの男たちが現れた。

勝之助は窓から出ようとし、

「あ、履物」

廊下へ出て階段を駆け下り、さちと自分の草履《ぞうり》を懐へねじ込むと素足で酒屋を飛び出した。

裏路地へ駆け込むと、井戸端で、さちが男たちに取り囲まれている。男たちは、さちを捕まえようと迫っていたが、さちが刀を抜いたので、一歩下がって、長脇差《ながどす》を抜き放った。

勝之助は男たちの間をすり抜け、さちの前に立った。

「おまえたちは何者だ。手をひけ」

長脇差が光った。男が一人飛び込んできた。

勝之助は抜き打ちに胴を打った。男はもんどりうって井戸にぶつかった。血は出ない。峰打ちだった。男たちは目を見合わせた。ひるんではいない。入り乱れるかたちで襲いかかってきた。勝之助は峰で刃を弾《はじ》き返した。男たちは間合いをずらすように足踏みをし、斬りつけると見せかけては退き、横合いから突きかけ、勝之助を惑わせ、疲れさせようと攻めたてた。さちをかばって剣を振るった。さちは、真剣での斬り合いは経験がないらしく、勝之助の背中を斬らないように、下段にかまえて隠れている。男たちは攻撃を緩《ゆる》めない。勝之助は息があがってきた。逃げようと長屋木戸へ目を走らせると、男たちが路地をまわりこんで、退路を断った。刃の切っ先が勝之助の頬をかすった。

路地の奥で人かげが動いた。

一人の男が、こっちへこいと手を振っている。勝之助は、

「ついてきなさい」

さちに言い、正面の男に鋭く斬りかけると、路地を駆けた。さちを先に行かせ、振り向きざま、追ってくる先頭の男の胸を拳で打った。追いかけてくる男たちの前に、女が飛び出した。さちが母上と呼んだ女だった。

「助けてあげて、追わないで」

男たちはたたらを踏み、邪魔だ、と怒声をあげて千代を突き飛ばす。若い武士が出てきて千代を助け起こし、男たちに押し退《の》けられながらかばった。そのあいだに勝之助は路地の奥まで走った。

さちは家屋と家屋の隙間のどぶ板を踏んで走っていく。

堀端に出た。

「こっちだ」

岸辺につけた猪牙舟《ちょきぶね》から、手拭《てぬぐ》いで頬かむりした男が呼ぶ。勝之助とさちは舟に飛び乗って伏せた。筵《むしろ》が被せられ、男は竿を操って堀を進んでいく。

筵の端を上げると、追ってきた男たちは堀端の道をきょろきょろと見まわしながら遠ざかっていく。

「妙なところへ首を突っ込んできやがるなあ、勝の字は」

頬かむりの下で鋭く目が光っている。

火の玉の弥蔵だった。

十

舟は、伊勢町堀から西堀留川《にしほりどめ》を抜け、日本橋川を斜めに横切って、亀島川《かめじま》へ入っていった。

火の玉の弥蔵の隠れ家は霊岸島《れいがんじま》にあった。川べりの瀟洒《しょうしゃ》な民家で、ある質屋の別宅だという。手入れされた庭木の後ろに、隣の古寺の松が借景のように群れている。

「あの裏長屋を、はやて組が、仕事の足場と隠れ家に使っていたんだ」

座敷で向かい合った弥蔵は、そう教えた。髪を糸鬢に結い、頬の削《そ》げた、冷ややかな凄《すご》みのある風貌だ。元々は武士の身分だった。弥蔵の父は浪人暮らしで、長く患《わずら》った弥蔵の母が亡くなった後、夫を亡くした質屋の女に入り婿し、町人になった。ところが、大店にだまされて質屋は乗っ取られ、父は困窮の果てに死んだ。ただ一人の妹は苦界《くがい》に落ちて身体を壊し病死した。弥蔵は生きのびた。いつの頃からか、裏の稼業で火の玉の弥蔵と呼ばれ、一目《いちもく》置かれている。

勝之助は自分の腕に斬り傷があるのを確かめた。

「手練《てだ》れの連中が揃っているな」

「冷血の流れ者が集まったのさ。質屋へ押し込んで、一家皆殺しにするやつらだ。このあいだは、赤ん坊を火のなかへ投げ込んだ。やつらに荒らされた後には草木も生えないぜ」

弥蔵の怜悧《れいり》に光る目はいつもに似合わず緊張している。

「弥蔵は、あの長屋を襲おうと考えているのか」

「おまえらがあんなふうにひっかきまわしたから、やつら、塒《ねぐら》を替えるに違《ちげ》えねえ」

「それはすまんことをした」

勝之助が、あんなふうに立ち回りをするに至ったいきさつを語ると、弥蔵は言った。

「居るよ、その二人、あそこで暮らしてる。伊之吉の情婦のあき乃って女は、質屋へ下見に入ったりするが、その二人は強盗仕事に加わることはない。だが、やつらに飯をつくったり、使いに走らされたり。侍のくせに、居候みたいで、下っ端あつかいだ。立場がよくわからねえと思ってたんだ。なるほど、そういうわけだったのか」

「はやて組に用はないのだ。戸井どののお内儀と生田尚春の身柄はこちらに任せてほしい」

「好きにやんな。女敵討ちなんぞ、こっちにゃ関わりはねえ」

「だが、二人がはやて組と行動を共にしているのなら、いささか面倒だな」

後ろから、さちが言った。

「この方たちと一緒に賊の隠れ家に討ち入りましょう。盗賊退治のお手伝いもできるではありませんか」

勝之助は体をねじって振り返った。

「いや、それはむずかしいかと」

「なぜです？」

「弥蔵たちは、つまり……」

弥蔵が言った。

「おれたちは悪党なんだ。悪党同士の殺し合いに加わっても、敵討ちとは認めてもらえないぜ」

「弥蔵、はやて組の居場所を、九十郎に知らせてはどうだ？　お上のお裁きに任せれば」

「そんなんじゃあ、殺された人たちの無念が晴れねえよ。おれたちの手できちんと始末をつけるさ」

襖の向こうで、

「ただいま戻りました」

と男の声がした。弥蔵は席を外した。

「乾どの」

さちが呼んだ。

「あの長屋へ戻りましょう。いまならまだ、母は居るかもしれません」

「はやて組も居るかもしれない。手強《てごわ》いですよ。あの二人だけになるときを見計らって」

「まどろっこしい。次はわたくしも戦います。謝礼をお出ししますから助太刀願います」

「さちさんと拙者の二人がかりでも、どうだかなあ」

「では、父を呼んでまいります」

襖が開いて弥蔵が戻ってきた。

「やつらはあの長屋を引き払った。別の隠れ家へ移ったらしい」

「伊之吉はどこにいる？」

「わからねえ。探し直さなきゃならん」

弥蔵はさちに向いた。

「あんたのおっ母《か》さんと連れは、まだあそこに残ってるぜ」

さちは立ち上がった。

「父を呼んでまいります」

さちが出ていくと、勝之助は庭に面した障子戸を開けた。黒い雲が広がり、いまにも雨が降ってきそうだった。

「気の強い娘だな。猪《いのしし》みてえだ」

弥蔵が言った。勝之助は笑った。

「猪突猛進、か。ガキの時分の弥蔵と同じだ」

「ふん、おれのは、ただの強がりだったさ。あの娘には芯がありそうだ。しかし、実の母親を討とうっていうのか」

「仇討ちは人情ではなくて、務めなのさ」

「そんなもんかい。勝の字は、人の仇討ちに構ってないで、自分のを何とかしろよ。かたきはまだ見つからねえのか？」

「うむ……江戸には戻ってこないのかもしれん」

「おれの耳にも何も入ってこねえ。見つかるといいがな」

勝之助は黒い雲を見上げた。

「長屋へ戻って、あの二人を見張っておくよ……戸井どのは、起き上がれるのかな」

十一

雨がしとしとと降りはじめた。

井戸端にたたずんでいた勝之助が、そばの軒下へ入ったとき、突き当たりの長屋の戸が開いた。着流し姿の武士が出てきて、こちらに向かって頭を下げた。

「どうぞ、お入りください。そこは濡れますよ」

さっきの若い武士だ。雨宿りを勧《すす》める穏やかな口調だった。

勝之助は四方に目を配ったが、不穏な気配はないので、そちらへ歩を進めた。

武士は勝之助と同年配で、背が高い。やつれて、疲れた目をしている。大小は差していなかった。

「どうぞ」

狭い土間に、板敷、四畳半の畳の間。

さちに母上と呼ばれていた女が座っていた。勝之助が入ると、手をついて頭を下げた。

「千代でございます。娘をお守りいただきましてありがとうございます。お礼の申しようもございません」

泣きだしそうな顔でうつむいている。

武士は戸を閉め、土間であらためて辞儀をした。

「生田尚春と申します」

「拙者は品川宿の乾勝之助と申す。ゆえあって、戸井どの父娘の手伝いをしております」

「助太刀を雇うとは、さちさんのはからいでしょうね」

あきらめたというふうにつぶやいた。

勝之助は千代に視線を移した。

「戸井どのとのあいだに何か誤解があるのなら、言葉を尽くして説明なされば、事態は変わるのではないでしょうか。いまからでも遅くはないと思うのですが」

千代もあきらめたような笑みを浮かべた。

「月日を重ね、いまとなってはもう、手遅れでございます。このうえは一刻も早く、あの人に討たれて、戸井家の名誉を回復していただくことが本望《ほんもう》でございます」

勝之助は千代と尚春を順に見た。

「本心ですか？」

尚春の視線が揺れた。千代は両手を握りしめた。

「千代どのの覚悟は、立派だ。でも、生田どのはそれを聞いていかがか？」

尚春が言った。

「敵討ちは武士の本分です。戸井どのに、ためらいがあるのですか？　たとえそうであっても、さちさんが許しはしません」

千代が言った。

「あの子は、松江から、わたくしどもを討つために、その一心で、ここまでやってきました。いまさらではございますけれど、わたくしに、一片の、親の心を持つことを許していただけるなら、あの子の本願を成就《じょうじゅ》させてやりたい、それだけが、わたくしの最後のわがままなのでございます」

顔をうつ伏して嗚咽《おえつ》した。

雨が屋根を打つ音がする。

「戸井どのと、さちさんは？」

と尚春が訊いた。

「こちらへ向かっているかと」

「拙者にも、最後に、ひとつだけ、お願いがあります。よろしいですか」

尚春は戸をわずかに開けて外をうかがった。

細い雨脚の向こうに、路地を隔《へだ》てた長屋が並んでいる。人の気配はない。

「松江の実家で働いていた伊之吉を頼って江戸へ来たのですが、ここを世話してもらい、生活の面倒もみてもらううちに、腑《ふ》に落ちないことが出てきました。木戸の閉まっている真夜中でも伊之吉の仲間がこの長屋に出入りしたり。着物や履き物に血が付いていたり。伊之吉とあき乃を含めて、仲間は二十人ほどもいます。ようやく、伊之吉が盗賊のかしらで、ここが隠れ家のひとつだと気づいたときには、すでに拙者らも、彼らの暮らしに取り込まれていて、盗賊の一味と見られても仕方のないありさまでした。決して、盗賊の働きに加わってはおりません。しかし、彼らの盗みで得た金で暮らしているのですから、同罪は逃れられません。せめて、最後に、伊之吉の一味を捕縛する手伝いをしたい。世間に罪滅ぼしをしてから、戸井どのに討たれたいのでござる」

「伊之吉の居場所をご存じか？」

「はい。深川の永代河岸《えいたいがし》に」

「やはり深川か。地図を描いてもらえますか」

「見張りが厳しくて、顔がわかっている者しか近づけません。拙者が行って、戸を開けさせなければ」

「では、生田どのが手引きしてくれるのですね」

「いつもここを見張っている人たちがいます。奉行所の手下なのか。拙者が案内するので、その方たちと討ち入ってほしいのです」

「それは奉行所の者ではござらんが……いずれにせよ、討ち入るには人数が要る。拙者がこの件を知らせてまいる」

「深川から呼びにきたら拙者らもすぐに行かなければ。お急ぎください」

勝之助は戸を開けた。雨は本降りだった。

「これを」

尚春は、土間の隅に立て掛けてあった二本の傘のうち、男物の傘を差し出した。

十二

「罠《わな》だぜ」

弥蔵は鋭い目で勝之助を見返した。

「伊之吉もこちらの動きを探っている。おびき寄せてけりをつけるつもりだ」

「あの生田どのがぐるだとは思えん」

ふん、と馬鹿にする顔になり、弥蔵は考え込んだ。

雨の音が弥蔵の隠れ家を包み込んでいる。やがて弥蔵はにやりと笑った。

「罠だとしても、それに乗ってやろう。決着をつける」

そばに控える若い男に、

「人数を集めろ」

と言い、勝之助に向いた。

「生田という野郎に会いにいこうか」

外は薄暗くなってきた。勝之助は弥蔵をつれて伊勢町堀近くの裏長屋へ引き返した。降る雨で路地が濡れていた。

千代と尚春がいた家の前で、勝之助と弥蔵は目を見合わせた。

戸の内に、気配がある。外をうかがう殺気のようだった。

勝之助は、そっと戸に手を掛けて、開けた。

「えいっ」

女の気合の声とともに白刃が突き出され、勝之助の傘が破れた。

「さちどの、拙者でござる」

さちを声でとどめ、土間へ入った。

戸井宗茂がたたずんでいた。角笠《つのがさ》と簑《みの》をつけたままで野袴も濡れている。

「戸井どの、お内儀は？」

「われらも今ここへ着いたのでござるが、すでに、もぬけのからで」

「逃げたか……いや、伊之吉に呼ばれたのか」

弥蔵は外をうかがった。

「ここに付けていた見張りがいない。一人は生田を尾けていったらしいな。もう一人は知らせに走って、おれたちとは行き違いになったみたいだ。生田は、ここを出たばかりだぜ」

土間の隅にあった女物の傘がなくなっている。勝之助は言った。

「呼ばれて深川へ向かったんだ。戸井どのの江戸入りを知って、伊之吉はあの二人の口を封じるつもりかもしれん。すぐにあとを追おう」

さちは、はっと表情をひきしめ、先に立って外へ出た。

四人であとを追った。

魚河岸から荒布橋《あらめ》、思案橋《しあん》を渡り、鎧河岸《よろい》、北新堀《きたしんぼり》河岸を行くうちに、弥蔵につづく男たちの数が増えていく。行商人や職人、遊び人。お互いに知らぬ者の顔をして傘をさし、夕暮れどきの人の流れにまぎれている。男たちの目つきは一様に鋭かった。

永代橋のたもとで、生田尚春の後ろ姿を見つけた。野袴を穿《は》き、大小を腰に帯びている。女物の傘を、頭巾で顔を隠した千代にさしかけていた。夕闇に沈む深川へと相合傘で橋を渡っていく。

西の空の雲が切れて、百二十間（約二百二十メートル）の橋は、茜色に照らしだされた。橋上に降る雨の筋がきらきら光り、男傘、女傘、西陽に染められた人影が往来し、そのなかを二人の後ろ姿が歩いていく。

角笠に簑を着た戸井父娘が、十間（約十八メートル）ほどあいだをあけて追った。

その後ろを勝之助と弥蔵がついていった。

勝之助は、さちの後ろ姿を見ていた。さちは左手で刀の柄《つか》を握っている。かたきの二人の後ろ姿を緊張しきった表情で見つめているに違いなかった。

下駄の音、荷車の音が響く。橋の東詰めに近づくと、さちは少しずつ距離を縮めていった。宗茂は数歩遅れてついていく。

深川河岸は家へ帰る人々で混雑していた。たそがれの薄暮《はくぼ》を傘が行き来し、河口のほうへ行くさちの姿を見失いそうになる。

人通りを外れ、路地を進んだ。貧しげな家並みがつづく。

民家のあいだに雑草の生えた空き地が現れた。そこは川辺で、砂地に引きあげられた小舟が五、六艘並んでいた。

空き地の奥に、作業場なのか舟置き場なのか、大きな小屋があった。

尚春と千代は傘をさしたまま空き地を横切って、小屋の観音開きの戸に近づいていく。

「母上」

さちが走った。

「いかん。止めなければ」

勝之助は駆けだした。

十三

さちの声が聞こえたのか、観音開きの戸が開き、男たちが出てきた。

「おい、なんでこの娘をつれてきた」

夕闇のなかに、長脇差が、きら、きら、と光った。

「邪魔立てするな」

さちは叫び、千代と尚春をかばうように刀を抜いた。

「この子に手を出さないで」

千代の叫び声をまるで合図にしたかのように、男たちはさちに襲いかかった。

追いついた宗茂が横一閃《いっせん》に抜き払った。

先頭の男が胴を断たれてさちの足もとに沈んだ。

宗茂は返す刀で次の男の肩を斬り下げた。男は、ぎゃっと悲鳴をあげて転がった。

「ぬかるなよ」

男たちが宗茂とさちたちを囲んで斬り掛ける。

勝之助と弥蔵が駆け込んだ。

「助太刀申す」

勝之助は抜刀した。銘長曽祢虎徹の二十五寸打刀である。虎徹を右脇にかまえて、踏み込んできた男を峰打ちで打ち倒した。

弥蔵は長脇差で相手の腹を突き、首筋を断った。

弥蔵の手下たちが駆けつけて、傘を投げ上げた。乱闘になった。勝之助は観音開きの戸を蹴って小屋のなかへ踏み込んだ。灯火はあるが薄暗い。壁に木材が立て掛けられ、広い土間に造りかけた舟が置かれている。舟大工の作業場らしい。

斬り合う一団がなだれ込んできた。さちが千代をかばい、宗茂と尚春が男たちと斬り結びながら、小屋のなかへ追い込まれてくる。

勝之助は襲いかかってくる男たちを峰打ちで叩き伏せた。

土間の中央に、あき乃と、凶相の男がいた。

男は、はがねのように締まった身体つきで、四尺（約百二十センチ）ほどの、槍《やり》のような得物《えもの》を手にしている。穂は一尺三寸（約四十センチ）もあるだろう。

「伊之吉」

弥蔵が呼んだ。

「江戸を荒らした報いを受けな」

伊之吉は凄まじい眼光で睨み返した。

「お宝は力のある者が取るんだよ」

弥蔵は相手の懐へ飛び込もうとしたが、穂先に肩を突かれて壁際まで転がり、倒れてきた木板の下敷きになった。這い出した弥蔵に向かって、

「食らえっ」

と突き出した穂を、宗茂の刀が弾いた。

「伊之吉、観念して縛《ばく》につくのだ」

伊之吉は眉をひそめ、にたりと笑った。

「これは……女房の尻を追いかけてきなすったか。それならまず今までの預かり料をいただきましょう」

殺気を発して穂先を繰り出した。

宗茂は刀で防いだがじりじりと後退し、板壁に背を当ててよろめいた。

「父上っ」

さちが飛び出した。伊之吉が得物を横に薙《な》ぎ払い、さちは横転した。穂先がさちの胸に繰り出された。勝之助の虎徹がそれを弾いて逸らせた。勝之助はさちの前に出た。

「伊之助、もう終わらせるぞ」

「何だ？」

伊之吉は勝之助に対峙して槍をかまえた。

勝之助は下段にかまえた。屋内の作業場では刀を大きく振るうことができない。突きを入れるにしても、相手の腕と槍の長さは、こちらを上まわっている。

「くそ、さむらいがっ」

穂先をまっすぐにこちらに向け、肘《ひじ》を絞り曲げて、伊之吉が迫ってきた。

勝之助は退きながら胸を出して誘った。

「でえいっ」

　槍が飛ぶように伸びた。勝之助は伊之吉の腕を断った。槍は、握ったままの手首とともに空を走り、板壁に突き刺さった。

　弥蔵が伊之吉に体当たりした。長脇差の刃が伊之吉の左胸に深々と埋まった。

　弥蔵の手下が飛び込んできた。

「おかしら、奉行所だ」

　勝之助は刀をおさめて小屋の外へ出た。御用提灯が空き地になだれ込み、岡っ引きや下っ引きが、はやて組の賊どもを取り押さえていく。

　弥蔵の手下たちは小屋のなかへ逃げ込んだ。伊之吉の死骸を飛び越え、呆然とたたずむあき乃を押しのけて、弥蔵の手引きで裏口から姿を消した。

　あとを追おうとする岡っ引きの前に、勝之助が立った。

「こら、退《ど》け」

　同心が怒鳴った。

「誰もいませんよ」

「逃げた者がおる」

「あれは野次馬ですよ」

「おぬしは、何者だ」

「野次馬です」

別の同心が後ろから、

「どうした？」

と声を掛けた。佐野九十郎だった。

「この者が、逃げた賊を、野次馬だと申すのです」

「そうか。野次馬なんぞ捨てておけ」

九十郎は、不満げな同心をよそへ追いやって、自分の首をぴしゃりと叩いた。

「一網打尽《いちもうだじん》だ。これでゆっくりと眠れるぜ」

勝之助は九十郎を睨んだ。

「謀《はか》ったな」

「後始末に来ただけだ」

「おれに音羽町の質屋の現場を教えたのは、おれを見張っておいて伊之吉の居どころを……おとりに使ったな。おい、だいたい、九十郎はガキの頃から」

「そんなことより」

九十郎は目で宵闇の川辺を示した。

十四

雨はあがっている。

引き揚げた小舟が並ぶ空き地に、人影が並んでいる。

勝之助は顔色をあらため、

「九十郎、仇討ちの願いは後から出す。それぐらいの便宜《べんぎ》ははかれよ」

と言い、そちらへ走った。

暗い川を背にして、尚春と千代が立っている。

宗茂とさちが二人に向きあっている。

賊を引き立てる騒ぎは遠ざかり、川の音が辺りを包んだ。

尚春がここへ来るときに差していた女傘が、開いたまま転がり、柄を上にして川面に浮かび、帆のない小舟のように暗闇へ流れていった。

誰ものを言わず、動かない。

やがて、宗茂が言った。

「とうとう出会ってしまったな」

望んでいない場所にたどりついたという横顔だった。

尚春と千代は、砂地に膝《ひざ》をつき、こうべを垂れた。無言で首を差し出している。

宗茂は、一歩出て、刀の柄に手を掛けた。

「父上」

さちが宗茂の前に立ちふさがった。とどめるように両手を腰の横に広げた。懇願する面持ちだった。

「母上を、お許しください」

「ん?」

「許せなくても、お見逃しください」

「見逃せば、松江には帰れんぞ」

「代わりに、わたくしの首を、松江にお持ち帰りください」

さちの瞳が光っている。

「本心を申します。わたくしは、母上を守るために、父上についてまいりました。道中、その気持ちは変わりませんでした。母上に会った今でも……今のほうが、その気持ちが正しかったとわかっています」

宗茂は厳しい顔でさちを見据えている。

「途中で帰れと言われないように、ずっと本心を偽《いつわ》っておりました。父上を騙《だま》したふるまいをお許しください」

さちは両膝を砂地についた。

「わたくしを、お斬りください」

こうべを垂れ、肩を震わせて泣きだした。

千代がかばうように前へ出た。

「申し訳ございません、わたくしを」

「母上」

さちは千代の袖にすがった。

二人の前へ出ようとする尚春を、宗茂は柄から手を離し、手のひらを向けて制した。さちに目を落とした。

「そうだったか、やはり。さちの気持ちを確かめたかったのだ。ずっと我慢しおって。やっと心を解いたか。松江で、そう言うておれば、わざわざ江戸くんだりまで来ずとも済んだものを」

「言えなかったのです、松江では」

「もうよい。わかっておるよ」

穏やかな声だった。千代に向かって、

「生涯、松江に近づくでないぞ」

と言い、

「さち、行くぞ」

くるりと背を向けて歩きだした。勝之助に目を留め、頭を下げた。

「お世話になり申した」

ほっとしている顔つきだった。勝之助は、ことのなりゆきにあぜんとしていたが、心のどこかでは、こうなるだろうとわかっていたような、腑《ふ》に落ちた気持ちもあった。

「いえ、お役に立てませんで」

と頭を下げた。

「松江には、もう帰らないのですか」

「はあ、お城勤めは、拙者には、どうも、もう……どこぞに道場をかまえて、剣の道をもう少し磨こうかと。乾どののように、修行を積んで」

「いやあ、拙者などは」

「それで、ものは相談なのでござるが」

申しわけなさそうな顔になる。

「手もとのほうが、いささか心細くて……助太刀料の支払いを、少々、ご猶予願えないかと……」

「え？　あ、そうですね、それは、まあ、いつでも、余裕ができたときに。仇討ち成就とはならなかったので、探索手伝いのみということで、格安にさせていただきますし」

「ありがたい。いずれ必ず」

片手を上げて拝むしぐさをし、去っていく。

さちは、千代と手を取りあい、見つめあっていたが、互いにうなずき交わし、立ち上がった。

宗茂のあとについていくさちが、見送る勝之助とすれちがう。頬に涙の跡を残して、

「ありがとう」

と笑った。

瞳が穏やかに澄んでいる。

初めて見せた、十四歳の少女の屈託《くったく》のない笑顔だった。

第二章　かんのんやど

一

路傍《ろぼう》に黄色い野菊《のぎく》が群れ咲いている。

女の子がしゃがみこんで花を眺めている。六歳くらいの、農民の子だった。

「おとう、これは？」

「ヨメナだ。ヨメガハギともいうんだ」

「食べられる？」

「ああ。食べられるよ」

女の子は数本摘《つ》むと、立って辺りをきょろきょろ見まわし、道の反対側を指さした。

「あっちのも？」

白い野菊が群れている。

「きれい」

駆けだして道を横切った。

「あっ」

父親は慌ててあとを追い、後ろから抱きかかえた。
五、六人の侍たちが道を歩いてきていた。子供がその前を横切ろうとしたから、父親は止めたのだった。だが、かえって事態は悪い方に転んでしまった。子供を抱いて侍たちの行く手をさえぎるかたちで立ちはだかってしまったのだ。
侍たちは足を止めた。村を治《おさ》める仙台《せんだい》藩士の家来だった。

「無礼者《ぶれいもの》っ。武家の前に立ちふさがるとは何ごとだ」

「お許しください」

父親は路傍でひざまずき、子供を背後に押しやった。

「子供がしたことでございます。よく言い聞かせますので」

一人の侍が、ふらりと父親に近づいた。

「子供のせいにするな。おまえがわれらの道をふさいだのだ」

低い声だが、不気味な怒気《どき》を帯《お》びている。父親は顔を上げた。

「それは、子供を止めようとして」

「われらに何かふくむところがあるのか」

「滅相《めっそう》もございません。子供がいきなり走りだしまして。ご覧になっておられたでしょうが」

「問答無用」

刀が一閃《いっせん》した。父親の首筋から血が噴き上がった。白い野菊に赤黒い血が降りかかる。父親は膝《ひざ》立ちの姿勢のまま横倒しに倒れた。血が地面に広がっていく。

女の子は、頭から血を浴《あ》びて、ぼんやりと父親を見下ろしている。

侍は切っ先を子供に向けた。

十歳ぐらいの少女が駆けつけ、女の子をかばってひざまずいた。

「お助けください」

侍は無言で見下ろした。目に酷薄《こくはく》な殺気をたたえている。

少女は背を向け、女の子を抱いて、目を閉じた。

侍はその背中に剣先を定めた。

「ひと突きにしてやる」

「止《よ》せ、志摩。子供を殺すと、お館《やかた》さまが百姓らに良く思われない」

別の侍がそう言った。

「ふむ」

志摩と呼ばれた侍は薄い唇をゆがめて笑った。

「刀の汚《けが》れだ」

とつぶやき、少女の着物に刀身を当てて、ゆっくりと刀の血を拭《ぬぐ》った。

少女は震えながら固く目を閉じていた。

侍たちの足音が遠ざかる。

「……志摩……」

そっと目を開け、振り返る。

「おとう」

父親の死骸に取りつき、泣きだした。女の子も火がついたように泣きはじめた。

握りしめた黄色い野菊がぐしゃぐしゃになって血溜まりに落ちた。

二

勝之助は品川橋のたもとで釣り糸を垂れていた。東海道品川宿を南北に分ける橋で、人の行き来の絶える間がない。土埃《つちぼこり》の立つ往来の脇で、のんびりと竿《さお》を持つ浪人者の姿が陽射《ひざ》しに浮き上がり、せわしない人の世からぽっかりと切り離されているように映《うつ》る。

北のほうから一人の男が歩いてきて、橋を渡らずに川辺に下りてくる。風呂敷包みを背負った商人風情で、二十代半《なか》ば。髪を糸鬢《いとびん》に結った、目つきの鋭《するど》い男だった。

「勝の字よ」

「おお、弥蔵か。近頃どうだ？」

「あいもかわらずさ」

背中の風呂敷包みを揺すってみせた。弥蔵は本芝釜屋横丁の裏路地で、蔵回り、といって、質流れ品を売買する商いを営《いとな》んでいる。裏の世界では、火の玉の弥蔵と呼ばれ、若い成り上がり者としてちょっとした顔役になっている。

「釣れてるか」

魚籠《びく》をのぞきこんだ。

「なんだ、空《から》っぽじゃねえか。餌《えさ》を付けてるのか」

勝之助は竿を上げてみせた。釣り針に色の白くふやけた蚯蚓《みみず》がぶら下がっている。弥蔵はあきれ顔になったが、勝之助が稼業のないときはひねもすここに座って浮きよりも橋の往来に目を向けているのを知っていた。

勝之助は元のように竿を下げた。弥蔵が商いのついでに顔を見に寄ったのではないことを、勝之助もわかっている。橋上の往来を眺めて弥蔵の言葉を待った。

「見つけたぜ」

弥蔵は低い声でそう言った。

「誰を？」

「志摩源次郎」

勝之助は驚いて弥蔵を見上げた。

「志摩が江戸に戻っているのか」

弥蔵は、ああ、とうなずき、

「本当は、おれの口から洩《も》らしちゃあいけねえんだ。教えたことがバレたらおれが消されちまう」

「どういうことだ？」

「志摩は、芝金杉《しばかなすぎ》の、かんのかい、かんのんやどに潜んでいる」

「かんのんやど……」

「おれはそこの世話人の一人だ」

「だから志摩がいることを知ったというわけか。わかった。おれが自分で探し出したことにするよ」

弥蔵はくるりときびすを返して街道へ戻っていく。

「弥蔵、礼を言うぞ」

肩越しに振り返り、

「かんのんやどの掟《おきて》を守れ」

と言い残し、砂埃の舞う往来にまぎれた。

三

十日ほど経った。

勝之助は一人の浪人風体《ふうてい》の男を尾《つ》けていた。

男は、角笠《つのがさ》で残暑の日射しを避けるふうに顔を隠し、着なれた単衣《ひとえ》に、雪駄《せった》履き。急ぐふうもなくぶらぶらと行くのは、ひまつぶしの散歩とみえるが、大小はきちんと差している。

勝之助も同じように角笠を目深《まぶか》に被り、袴《はかま》をつけ、草鞋《わらじ》を履いている。

芝金杉の町家の並びを抜け、道を横切り、漁師町を通って、浜辺に出た。砂浜に漁船が幾艘もひきあげられ、干した網の列が潮風に揺れている。赤とんぼが群れ飛んでいた。

浪人者は波打ち際にたたずんで、陽光をちりばめた海原を眺める。腕組みをして何か考えごとをしている雰囲気だった。

「今日は凪《な》いでいてよく見えますね」

勝之助は三間ほど（約五メートル半）離れて並び、遠くを指さした。弁才船《べざいせん》の白い帆が沖合に林立している。

「あそこが品川ですよ。ほら、釣り船が出てる。いまの時季は鯵《あじ》がよく釣れるのです。釣りはしますか？」

浪人者は角笠の下から鋭い視線を走らせたが無言だった。

「品川の海辺に、小屋がありました。釣り好きな御家人が、漁師小屋を模して建てたのです……あそこはすっかり荒れ果てているんだろうな」

浪人者の日焼けした頰《ほお》の線が硬くなった。

「その御家人は、公金の横領に加担したとかで、何者かに殺されたうえに、死後、役儀召放《めしはな》ち、闕所《けっしょ》のお沙汰となった。しかし」

辺りを見まわし、内緒ごとを告げるふうに、

「その一件には裏があるらしいのです」

浪人者の横顔をじっと見た。

三十年輩、目が細く、唇が薄い。酷薄な気配をたたえた凶相だった。

「あなたとは二年前にその小屋の前で遇《あ》いました。拙者《せっしゃ》を覚えているでしょう。岸和田藩士、志摩源次郎どの」

角笠を顔が見えるように上げた。

険しい眼光が勝之助に飛んだ。

「拙者はそのような者ではござらぬ」

「江戸に戻るのを待っていました。話を聞かせてくだされ。志摩どの」

「無礼だぞ。おのれは名乗りもせずに、しつこく人違いを」

「拙者、乾勝之助と申す。あなたが殺した御家人のせがれ。小屋の前で斬り結んだことを覚えているでしょう」

志摩と呼ばれた武士は、いきなり海に背を向けて駆けだした。

「待たれい」

志摩は干した網の列と列のあいだへ走り込んだ。勝之助があとを追うと、片側の列が倒れてきて、網に絡《から》まれ、砂地に膝をついた。

「うぬっ」

もがいて、網をほどいているあいだに、志摩は小屋のあいだを走っていく。

「待たぬかっ」

砂浜に立った勝之助は、きらと光る物をかわした。

飛ぶ得物《えもの》が頬をかすめた。

物置小屋の陰で、人影が動く。

次の一本が飛んできた。勝之助は脇差を抜いて叩き落とした。得物は、五寸釘《くぎ》だった。

もう一本。五間（約九メートル）は離れた小屋の陰から、胸をめがけてまっすぐ飛んでくる。

「何奴だ」

勝之助は叩き落とし、そちらへ走った。

「逃げよう」

子供の声がした。

小屋の陰から二人の少女が駆けだした。粗末な木綿《もめん》の単衣に草履をつっかけている。

勝之助は脇差をおさめてあとを追い、土蔵と土蔵の隙間を抜けて漁師町を駆け、道へ飛び出した。

荷馬が往き来するなかで、きょろきょろと見まわし、佃煮屋と乾物屋のあいだの路地へ飛び込み、道の北側に広がる町家の一画を抜けた。

ひっそりとした裏町を走り、一軒の旅籠《はたご》の前で立ち止まる。

御宿《おんやど》、と書いた木札を柱に打ち付けただけの、暖簾《のれん》もなく、木戸を閉ざした、二階建ての宿だった。

勝之助は息をととのえ、木戸に手を掛けた。

「旦那、どんなご用ですかい？」

軒下の床几《しょうぎ》に座っている若い男が訊いた。鋭利《えいり》な顔つきだった。宿屋の奉公人というより地廻りの若い衆という雰囲気がある。

「つかぬことを聞くが、志摩源次郎というご仁《じん》はいるか」

「そんなお方は泊っていませんよ」

「いま戻ってきただろう。女の子供たちも一緒だったかもしれん」

男は立ち上がって近づいた。瞳に凄《すご》みが増している。

「ここへは入れませんぜ」

「話をするだけだ」

「厄介ごとはご勘弁願います」

「ならば押し通る」

「たとえお武家さままでも、無理は通りませんよ」

男は目で示した。御宿の木札の下に、一枚の紙のお札が貼ってある。

〈おんあろりきやそわか〉

と仮名で墨書されていた。

「ここが何だかわかりませんか？　おわかりにならねえようじゃあ、なおさら、お入りにはなれません。旦那は、表の世界のお方だ。この宿の戸は開きませんよ」

「かんのんやど……わかっておる」

木戸に掛けていた手を、そっと下ろした。

四

勝之助は、万年床に寝転がって天井板の木目模様を眺めていた。

「かんのんやど、か……困ったな」

志摩源次郎があの宿を出て別の場所に隠れてしまうかもしれないと危ぶんでいた。一方で、あの宿にいるのを勝之助が知っていると志摩は気づいていないだろうから、しばらくはあの宿に籠もって動かないだろうとも考えていた。

いずれにしろ、早く手を打たなければ。

どうすればよいか、考えあぐねている。

かんのんやど……まぶたに、降る雨にずぶ濡れになって走った記憶がよみがえってくる。

あれはまだ十代の後半だった。

弥蔵が抜き身の脇差を振りまわして男を追いかけていく。幼なじみの弥蔵は、町人の身なりで、結った髪が雨で崩れ、荒《すさ》んだ目が怒りに燃えていた。

男は息を切らせて逃げていく。着物の背や袂《たもと》は斬られて裂け、腕や頬から血を流している。

待ちやがれ、と弥蔵が叫び、男は悲鳴まじりの息を吐いて走る。勝之助と九十郎は、待て、早まるな、と弥蔵のあとを追った。雨粒が目に入って暮れ方の町も弥蔵の後ろ姿も灰色ににじんでいた。

吉原《よしわら》に身売りされた弥蔵の妹が新造《しんぞう》に上がりたての頃、たちの悪い男にだまされ脅《おど》されて足抜けをしようとし、捕まって端茶屋《はたちゃや》の小女郎《こじょろう》に落ち、みじめに病死した。弥蔵はその男を見つけて殺そうとしていたのだ。勝之助と九十郎は弥蔵を止めようとした。

男は、裏路地の建屋に逃げ込んだ。旅籠らしかった。

追いかけて飛び込んだ弥蔵は、土間にいた若い衆に叩き出された。弥蔵は中に入ろうとして暴れ、勝之助と九十郎は助けようとして若い衆と争いになった。相手は殴りあいに関しては玄人《くろうと》だった。叩きのめされ、土砂降りの地面に、まだ十代だった勝之助と九十郎は、弥蔵と並んで大の字にのびて倒れた。若い衆の一人が去り際につぶやいた。ここはおまえらには入れない場所なんだ、かんのんやど、と言ってな、覚えておけばこれからは怪我《けが》をせずに済む。

その旅籠の閉じられた戸に、おんあろりきやそわか、と書いた札が貼ってあった。

観音宿とは、裏の世界の符丁《ふちょう》で、悪党やお尋《たず》ね者が使う宿のことだ。世間には知られていないが、勝之助の記憶に傷跡のように刻まれている。この稼業を始めてからは、人探しをしたときに耳にすることもあった。弥蔵は、いまでは観音宿を仕切る側にいる。あのとき、自分も観音宿に出入りできる人物になろうと決めたのだろうか。

「また、あれか。厄介だな……」

勝の字、入るぜ、と声が掛かり、襖《ふすま》が開く。鋭い眼光がのぞきこむ。

「弥蔵か」

「昼寝の邪魔をするぜ」

おまえの昔のことを思い出していたんだ、と言葉にはせずに起き上がり、あぐらをかいた。

「入れよ」

愛想のよい笑いが、弥蔵の硬い表情に、ふっと退いた。

「おれを叱《しか》りに来たか」

「それもあるが。別に、頼みたいことがあってな」

「何だ？　まあ、入れ」

弥蔵は、廊下に向かって、おい、とうながした。

弥蔵につづいて二人の少女が入ってきた。

「おまえたちは、昨日の」

昨日と同じ、粗末な木綿の単衣に、素足。顔もよく似ていて、姉妹であるらしい。姉は十四、五歳。妹は十歳くらいか。二人ともに利発そうな表情を緊張させて、散らかった室内に視線を走らせている。

弥蔵は座布団の埃を叩いてあぐらをかいた。

「おまえらも座れ」

姉妹は閉めた襖の前に並んで正座した。

弥蔵は刺すようなまなざしを勝之助に向けた。

「昨日はへたをしたな。観音宿へ近づくなんて。あそこへ厄介ごとを持ち込んだら、たとえお奉行さまだって生きて出て来られねえ」

「そっちの稼業の顔役として、おれを戒《いまし》めに来たわけか」

「あそこで何かあったら、おれも助けられねえ。近寄らないことだ」

勝之助は、ふう、と溜め息をついた。

「心得ておこう。それで、別の頼みごととは？」

弥蔵は部屋の隅に立て掛けてある一枚の板看板を指さした。

仇討《あだう》ち助太刀《すけだち》　尋ね人探索　手伝い仕《つかまつ》り候《そうろう》

「これだよ」

勝之助は、黙って正座する姉妹に目を向けた。

「この子らが？」

弥蔵は姉妹を振り返った。

「自分で言いな」

姉妹は背筋をのばし、両手をついて深々とお辞儀をした。

「昨日はたいへん失礼をいたしました」

年かさの少女が顔をあげた。

「わたしは、きく、と申します。これは妹の、たけ、でございます。父のかたきを討つために、剣術修行をしております。弥蔵親分に乾先生のことを教えてもらって、参りました。わたしどもを弟子にしていただきとう存じます」

「はあ？」

勝之助は弥蔵を睨《にら》んだ。この野郎、悪い冗談を、昨日観音宿に入ろうとした罰《ばつ》のつもりか、と胸中でなじる。弥蔵はまじめな口ぶりで言った。

「乾先生の腕前に感服したそうだ。力になってやってくれ」

きくとたけは畳に手をついたまま真剣な目で見つめてくる。

「拙者は弟子をとるほどの剣客《けんかく》ではない。それに、あなたたちはまだ子供ではないか」

「ぜひ、ご指南ください。お願いします」

姉妹はまた頭を下げる。

「話だけでも聞いてやれよ」

話を聞けば断れなくなるではないか、と目で訴えたが、きくは顔を上げて語りはじめた。

「わたしどもの父は、仙台藩片倉《かたくら》さま知行の安達《あだち》村の百姓、四郎左衛門《しろうざえもん》と申します。四年前、片倉さまご家来の志摩源次郎に、村の道で、通行をさえぎったと難《なん》癖《くせ》をつけられ、斬り捨てられました」

「志摩源次郎だと？」

「わたしども姉妹は、父の無念を晴らそうと村を出て修行を積み、志摩源次郎の行方を追って参りました」

一途《いちず》なまなざしだった。

「四年前というと、幾つのとき？」

思わず訊《き》いてしまった。

「わたしは十歳、たけは六歳でした。わたしが十一になったとき、たけと二人で仙台に出ました。陸奥守《むつのかみ》さまの剣術指南役、瀧本伝八郎《たきもとでんぱちろう》先生の道場に姉妹で住み込み奉公し、ひそかに剣術を見習い、自分たちで習練いたしました」

「我流で？　こっそりと？」

「はい。仕事のあいまに、たけと二人で」

たけが澄んだ瞳を向けてこくりとうなずく。

「では、たけさんは七歳で家を出て、奉公を？」

弥蔵が言った。

「まま母に、ずいぶんと酷《ひど》い目に遭《あ》わされたそうだ。妹を家に置いては行けなかったんだと」

こいつ、自分の身の上に重ねていやがる。そう気づき、いつもは非情な弥蔵の親身な様子に苦笑した。

「先をつづけな」

弥蔵は、きくをうながした。

五

きくは語った。

道場でそんな生活を一年ほどつづけたある夜、自分たちの部屋で木刀を振っていると、襖が開いて、瀧本先生が入ってきた。習練の物音を不審に思ってのぞいたのだった。

二人が仔細《しさい》を打ち明けると、先生は姉妹のこころざしに感じ入り、正式に修行することを許した。それだけでなく、姉妹を自分の養子にし、主君陸奥守に願い出て仇討ちの認可をいただき、志摩源次郎の所在も調べてくれた。

志摩源次郎は、片倉家中でいさかいを起こし、浪人となって仙台を離れてしまっていた。かたきの行方がわからないまま、姉妹は道場で修行をつづけていたが、やがて、江戸から知らせが届いた。志摩源次郎は、泉州岸和田藩の用人の供回りとして拾《ひろ》われ、勤めていたが、その藩の国もとへ移ったらしい、と。

きくとたけは、瀧本先生から志摩を討つ秘伝を授かり、仙台を発《た》った。ところが、江戸に着いて岸和田藩の様子を探ると、志摩源次郎は脱藩してふたたび行方知れずになっていた。

姉妹は仙台に帰って瀧本先生に相談した。先生は、江戸の知り合いに頼んで、志摩源次郎を探してもらった。

いまからふた月ほど前、志摩源次郎が江戸に戻り芝の旅籠屋にひそんでいるのが見つかった。その旅籠屋は、江戸府内でひと稼ぎするために長逗留する客も多い。脱藩した志摩源次郎も、江戸で何ごとかを企《たくら》んでいるらしく、そこを根城《ねじろ》にし、どこかへ出掛けることを繰り返しているという。

先生は知り合いに頼み、姉妹をその旅籠屋の下働きとして奉公させることにした。旅籠屋は観音宿だった。

「瀧本先生の江戸の知り合いというのが、高輪《たかなわ》のおやじだ。あの人は仙台にゆかりがあるからな」

「高輪のおやじ？」

「おれをこの稼業で育ててくれた恩人だよ。江戸の元締の一人だ」

「ふむ。観音宿に顔が利《き》くはずだ」

「おやじに言われておれがこの二人を預かってるってわけだ」

「なるほど。事情はわかった。しかしおれは引き受けられないのだ」

きくはまた両手をついた。

「瀧本先生に授かった秘伝を破ったお手並み、恐れ入りました。それを超える剣術をご教示くださいさい、なにとぞ」

「いや、それがだな、おれはおれで志摩源次郎に」

襖ががらりと開いた。

宿の主人の善五郎が盆に湯呑みを並べて立っている。馬面の目に涙を浮かべて、

「いや、ではございません。お引き受けになってください」

と声を震わせた。弥蔵親分に茶を運んできて、廊下で立ち聞きしてしまったのだ。

「しかしだな」

「何が、しかし、ですか。苦労を重ねてきたこの子らを助けるのが人の道というもの。その看板は、何のためにあるのでございますか」

「むむ……」

いや、も、しかし、も、善五郎の涙に圧倒されて、口にできない。

弥蔵は、そのとおりだ、とばかり深くうなずいている。

勝之助は大きなため息を一つついた。

六

南品川にある享楽寺の境内《けいだい》は昼も寂《さび》れた気配で深閑《しんかん》としている。

本堂の前庭に、勝之助は、きく、たけを従えてたたずんだ。

「あれを、志摩に見立てよう」

松の古木を指さした。

「あなたたちが授かった秘伝を使ってみせてください」

きくとたけは、うなずきあい、表情をひきしめた。

姉のきくが松の木に正対して立ち、きくの後ろに、たけが隠れるように立った。松の木とは、斬り込まれても届かない間合いを取っている。

「いざ」

きくが身がまえた。と、目にもとまらぬ速さで五寸釘を放っていた。片手に釘の束を握っている。放つと同時に、左へ走りだす。

たけが五寸釘を投げ、右へ走りだす。この時点で、松の幹には、二本の釘が正確に刺さっている。

きくとたけは、左と右へ、松の木を中心に円を描くように走る。走りながら、釘を投げて、幹に突き立てていく。

二人で半円を描いた辺りで、同時に向きを変え、松の木めがけて走り込んだ。釘を投げ尽くした手に、脇差の刃が光っている。

「覚悟っ」

「とどめっ」

姉妹は左右から駆け抜け、幹にふた筋の斬り口が開いた。

「おお、お見事」

勝之助は感嘆した。

きくとたけは、ほっとした横顔になったが、庫裡《くり》の戸口に、老僧が立ってこちらを見ているのに気づき、はっとなった。

「お寺の木を傷つけてしまった」

きくが言った。

長い白髭《しらひげ》の、かなりな高齢の、半分干からびたような老僧である。表情もなく、じいっとこちらを見ている。

勝之助は頭を下げた。

「和尚、境内をお借りしています。ご覧のとおりで、松の木が、いささか……」

和尚の唇だけが動く。

「何の用あって木を傷つける？」

きくは神妙な顔になった。

「父の仇討ちを、乾先生にお教えいただいております」

「てでごのあだうち」

「はい……いけませんか？」

和尚は、

「雲に訊くがよい」

と言い、庫裡の内へ入っていった。

「先生、どういう意味でしょうか？」

勝之助は雲を見上げた。

「さあ……禅問答は、まあ、後で考えようか」

きくとたけは勝之助の前に戻ってきた。

「いまの技なら十中八九《じっちゅうはっく》敵を倒せると思うが」

きくは首を横に振った。

「昨日、乾先生は、わたしどもの投げた釘を弾き返しました。飛んでくる筋を読めたのですね」

勝之助は松の木に歩み寄って釘を一本引き抜いてみた。

「五寸釘の先をさらに研《と》いで鋭くしたものか」

「初めは、小柄《こづか》で習練していたのですが、釘のほうが手に入りやすくて。束にして持てて手を傷つけず、敵からは飛んでくるのが目に留まりにくいのです」

「そうだな。あなたたちの手に馴染む。得物はこれがいい」

「でも、志摩源次郎は手練《てだ》れの剣客だと聞きます。十中八九では倒せません」

「ふむ」

勝之助は松の木を背にして立ち、脳裡に、姉妹の動きを再現した。

「右と左に分かれて攻めるのはよいのだが、あいだに鏡を立てたように、二人の速さも動きも同じだった。敵との間合いは取れているが、円弧《えんこ》を描いて走るので、常に同じ間合いだ。釘の飛んでくる速さが読めてしまう。投げる拍子も一定だから、それに調子を合わせて、打ち落とせてしまう」

きくとたけは目を見合わせてしょんぼりとした。

「わたしたちの動きも、釘が飛んでくるのも、すべて読まれますか」

「相応の剣客ならば」

「では、どうすればよろしいのでしょう？　破調の攻めかたを身につけなければなりませんか？　でも、習練を積めば積むほど、拍子が固まり、二人の息がそろってしまいます」

「確かに……そうだな……拍子を読まれる前に攻め終えるしかない。速攻の技を組み込むか。何か工夫が要《い》るな……」

たけが、ぴょんと前に飛んで、勝之助とくっつきそうな位置から見上げた。

「敵の周りを回らずに、まっすぐに飛び込めば？」

勝之助はたけの頭に手を置いた。

「ここまで敵の懐《ふところ》に入り込めれば良いが。それは無理だ。やはり、間合いを取れという瀧本先生の教えは、捨てられぬなあ」

「お姉ちゃんか、あたしか、どっちかが敵の懐に入り込めば、勝つ？」

勝之助は表情を硬くした。

「その考えは良くない。どちらかが斬られて、ということだぞ」

きくが言った。

「たとえそうなっても、仇討ちが成れば」

「いかんいかん。そんな考えなら、手伝いはできん」

たけは、

「駄目かしら」

つまらなそうに言い、片足でぴょんぴょん跳んで離れた。きくが傾きだした秋の陽を見上げた。

「そろそろ帰らなければ」

「宿では、志摩源次郎と顔を合わせるのだろう？」

「はい。給仕や部屋の掃除で」

「志摩はあなたたちの正体を知っているのか？」

「昨日、海辺に行くのを尾けたり、乾先生を攻めたりしたのを、志摩が勘づいていたなら、あるいは、すでに」

勝之助は苦笑いを浮かべた。

「あれは素早い攻めだったよ。拙者が志摩と斬り合うと思ったのか。志摩をほかの誰にも討たせたくないのだな」

「すみません。せっかくあの宿に入れたのに、かえって志摩を襲うことができません。だから焦ってしまって」

「観音宿の内では面倒を起こすのはご法度《はっと》だと聞いている。殊《こと》に、奉公人が客を襲うわけにはいかんのだろうな。宿では手を出せないとしても、昨日のように、一歩、外に出てしまえば」

「いえ、宿の外でも、客は客ですから」

「志摩が宿を発つまでは挑めないか」

「はい。だからいまのあいだに技の工夫を。明日もご指南いただけますか？」

「宿を抜けてここまで来るひまはあるのか？」

芝の観音宿から品川までは一里、徒歩で半時（約一時間）は掛かる。

「はい。弥蔵の親分さんが、昼間は仕事を離れてもいいと言ってくださいました」

「それなら、拙者も工夫を考えておこう」

姉妹は松の幹の五寸釘を抜いて境内を去っていく。人の仇討ちより自分の仇討ち、志摩源次郎を捕えることが先だ、とわかっているが、少女たちの寄《よ》る辺《べ》のない後ろ姿を見ると、願いを無下《むげ》にはできなかった。

「志摩を追うことに変わりはないし、志摩の動きも知らせてもらえるからな……」

勝之助は、傷だらけの幹にもたれ、腕組みをして、姉妹の技の工夫を考えた。

将棋の手を考えるような目を境内にさ迷わせる。見上げると、白い雲がぽっかりと浮かんでいる。

「雲に訊くがよい、とは？……和尚は何が言いたかったんだ？」

七

翌朝は秋雨が品川宿を湿らせた。

昼前に雨が止《や》むと涼風が東海道を吹き抜けた。

昼下がり、勝之助は、境内で、きくとたけを見ていた。新しい工夫を考えましたので、と呼びに来たのだった。

松の古木に、充分な間合いを取って、きくが正対し、その後ろにたけが隠れるように立つ。初めのかまえは昨日と同じだった。

「いざ」

きくが松に向かってまっすぐに進んでいく。

かっ、かっ、と音を立てて、幹に五寸釘が刺さっていく。

太刀の届く間合いに入る寸前で、しゃがみこんで、低い箇所に釘を投げ放った。膝の位置だ。

後ろにいたたけが、きくの背中を踏み、肩に足を乗せると、きくは勢いよく立ち上がり、間合いの内に飛び込んだ。と同時に、たけは敵の頭上の位置に跳び上がり、空中から釘を投げ下ろしていた。

走り抜けたきくが、幹に脇差を突き立てている。

着地したたけが、同じ所に脇差を突き立てていた。

「ふむ」

速攻で、無駄がない。きくとたけは勝之助の前に戻ってきた。

「いかがでしょうか」

勝之助は硬い表情だった。たけが、つぶらな瞳で見上げた。

「速かったでしょ？　上からだと、いくらでも隙を見つけられるわ」

「昨日、駄目だと言ったはずだ」

「え？」

「いまのでは、相手が倒れる前に、どちらかが斬られる」

きくが毅然と言った。

「肉を斬らせて骨を断《た》つ、と申します。たとえわたしが斬られても、たけがとどめを刺して、志摩を討つことができれば本望です」

「妹さんが斬られてもか？」

きくは、たじろいだ。

「きくさんは、自分が志摩にぶつかっていって、相討ちになろうと考えているのだろう。だが、志摩が、先にたけさんを斬り落として盾《たて》にすれば？　かまわずに突っ込んでいけるか？」

きくは蒼白な顔でくちびるをかみしめた。

「どうすればいいのですか」

背を向けると松の木まで歩いていき、突き立った脇差を見つめた。

「二人とも無事で、志摩を倒すなんて。無理です……」

たけが勝之助の袖を引っ張った。

「ん？」

「あたしが斬られてもいいよ」

まじめな顔でそうささやいた。

「ぜったいに駄目だ。斬られると痛いぞ。血が出るし、死んでしまうかもしれん」

「おとうのかたきが討てるなら、いいよ」

「駄目だ。相討ちなど、道を極めた剣聖が言うことだ。五十年早い」

「駄目か。なあんだ」

たけは朽《く》ちた土塀のほうへ歩き、ひと群れの黄色い野菊を見つけて、しゃがみこんだ。

「姉ちゃんが、どうして、きく、ていうか、わかる？」

「菊の咲く秋に生まれたんだろ？」

「うん。じゃあ、あたしが、たけ、ていうのは？」

「竹は一年中、青いなあ。いつも元気で、と願いを込めて？」

「あたし、真冬に生まれたの。咲いてる花がなかったからよ」

つまらなそうに言った。

「竹にも花が咲くそうだぞ」

「六十年に一度だよ」

「よく知ってるな」

「おとうはお花が好きだったのよ。ホンゾウガクしてたの」

「本草学《ほんぞうがく》か」

「うん。家の庭にお花をいっぱい植えてたんだ。でも、おとうが死んで、ぜんぶ枯れちゃった。あたし、仇討ちが済んだら、家へ帰って、もういっぺん、お花を植えるの、いっぱい」

野菊をそっと撫でる小さな手が宿の仕事でか荒れている。

きくが勝之助のそばに来た。

「乾先生、お訊きしてもよろしいですか」

「何だ？」

「先生は、あのとき浜辺で、どうして志摩と諍《いさか》いになったのですか？」

「諍い？」

「話をしていて、いきなり志摩が逃げだしたのを追いかけて。志摩とのあいだに、何か、遺恨《いこん》があるのでしょうか？」

気に掛かっていたのだ。

「遺恨というか……おれはおれで志摩に訊きたいことがあるのだ。自分の父の死に関して」

「乾先生のお父上の？　ひょっとして、志摩は、わたしたちだけじゃなくて、先生にとっても、かたきなのですか？」

「それを、志摩源次郎に、確かめねばならんのだ。事の真相を」

きくは謎がよけいに深くなったという目で勝之助を見つめた。

八

姉妹は観音宿に戻り、勝之助も自分の宿へ帰った。

善五郎も女将も台所で立ち働いているらしく、玄関先に人の気配はなかった。

部屋の襖を開けて、勝之助は、はっと身がまえた。

座布団の上に、志摩源次郎があぐらをかいていた。大小を差したままだ。

「志摩、おのれっ」

「まあ待て」

片手のひらを挙げた。

「斬り合うために来たのではない」

「では、何しに」

志摩のすさんだ面《おも》ざしに苦笑いが浮かんだ。

「おれに近づいて来て、何か訊きたがっているのは、おぬしのほうだろう」

勝之助は志摩を見据え、敷居をまたぐと、後ろ手に襖を閉めた。志摩は諭《さと》すように、

「おれは脱藩したのだ。もはや岸和田藩の者ではない。おぬしと敵対するいわれもない」

「それはどういうことだ?」

「まあ、聞いてもらおう」

勝之助は畳に片膝を立てて座った。源次郎は正座して膝に手を置いた。

「拙者は仙台のさる家中に勤めていたが、ゆえあって江戸へ出、泉州岸和田藩の用人、荻野将監に召し抱えられた。譜代《ふだい》の用人の供回り、といえば聞こえはいいが、まあ、つまりは、汚れ仕事もする用心棒だ。江戸にいるあいだにも、いろいろと、手を汚したよ」

口もとに暗い笑いが見える。

「それで、ほとぼりを冷ますために、江戸を離れて、国もとの岸和田藩へ行った。が、そこで危《あや》うく殺されそうになり、逃げ出して、江戸へ戻ってきた」

怒りの色が目に宿った。

「おれは復讐しに江戸へ戻ったのだ。いや、ありていに言えば、荻野を強請《ゆす》ってやるのさ。荻野は初めから、汚れ仕事をしたおれの口を封じるつもりだったのだ。使い捨てさ。おれの命の値は高くつくぞ。あの悪党から金をたんまりといただく」

「どういうことだ？　肝心のところを省いて話されても、さっぱりわからん。あの時釣り小屋に来た身分の高そうな武士が、その荻野ということか？」

「ふふ、大金の種だからな。おいそれと教えられぬわ」

「それならここへは何をしに来たのだ？」

「おぬし、おれと組まないか？　おぬしも、事の真相を知れば、荻野から詫び料をもらって当然だと納得するはずだ」

勝之助の表情が厳しくなる。

「事の真相……父の死の真相を知っているのだな」

「だから、それが大金の種さ」

ニタニタと、よこしまな笑いで口をゆがめた。

「なぜ拙者を誘う？」

「強請る相手は大きいからな。おれ一人では手に余る。おぬしは腕が立つようだ。それに、おぬしもおれと同じで、荻野のせいで浪人暮らしだ」

「荻野のせい……」

「おぬしが仇と狙う相手は、おれではない」

勝之助は、源次郎の真意を見抜こうとするふうにその顔を見つめた。

「しかし、わけがわからぬままでは何もできんではないか。拙者に何をしろというのだ。真相も教えずに」

「いまのところ、信用ならんのは、お互いさまだ。おぬし、あのガキどもの指南役を引き受けておるそうだな」

「ガキども？」

「とぼけるなよ。さっきも、寺の境内で忍者ごっこに興《きよう》じておったではないか。おれは宿からあいつらのあとを尾けた。するとここでおぬしを誘い出して、あの寺へ行って」

不敵なまなざしで睨み返してきた。

「仙台でのことは四年も前の些事《さじ》だ。いまだにおれを追いかけているとは笑止千《しょうしせん》万《ばん》。だが、荻野を強請るのに、あんなガキどもにまとわりつかれては足手まといだ。あの宿では、いざこざはご法度なのでな、おぬし、始末してくれんか?」

「馬鹿を申すな。子供だぞ」

「では、宿を出てよそへ移る際に、おれが始末する。おぬしは、あれを裏返しておけ」

顎《あご》をしゃくって、仇討ち助太刀、の看板を示した。

「そうしてくれたら、おぬしを信じて、真相を教える。そしておれたちで荻野から金を取ろう」

「わけのわからん話だ。それに、助太刀がなくとも、充分に手ごわいぞ、あの二人は」

「ふん、さっき見せてもらったよ。くだらん。武術はままごとではない」

源次郎は小馬鹿にしたように吐き捨てて立ち上がり、

「また来よう。よく考えておいてくれ」

と言い残し、部屋を横切った。

「そうひとつだけ訊きたい」

襖に手を掛けた源次郎は勝之助を見下ろした。

「何だ?」

「おぬしが父を刺したのか」

「おれではない」

「それでは……」

源次郎はもう答えずに出ていった。勝之助は閉ざされた襖を見つめ、廊下を去っていく足音を聞いていた。

九

翌日、陽がかたむく頃。

勝之助は、東海道を歩き、芝金杉の町家のあいだを抜けて裏町へ入った。

空は高く澄んで筋雲が並んでいた。

考えにふけっている横顔だった。胸中にわだかまる思いがあって、心が晴れない様子だった。

建物が連なる先に観音宿が見えた。あいかわらず木戸は閉ざされ、ひっそりと静まっている。軒下の床几に座る若い衆は、腕組みをしてうつむき、こくり、こくりと揺れている。

勝之助は、手前の十字路を折れ、観音宿の裏口を探して路地を進んだ。家々の裏手には細い水路が流れ、観音宿の裏庭は目板塀で囲われていた。小さな板橋の前で足を止め、裏木戸が閉まっているのを眺めた。

「勝の字よ」

振り返ると弥蔵が立っていた。

「街道でおまえを見掛けたので追ってきた。ここに用か？」

「あの姉妹、今日は来なかった。どうしたんだろうと気になって。散歩がてら、ぶらぶらと」

「ずいぶん遠くまで散歩だな。ここへは入れねえぜ」

「わかっている。用心が厳しいな。どうすれば入れるんだ？　志摩源次郎は泊っているじゃないか」

「しょうき抄《しょう》、という文書を持っている者だけがここへ入れるのさ」

「裏稼業の通行手形みたいなものか」

「まあそうだ。観音さまをご本尊にしている寺のなかで、きまった寺だけで書いてもらえる。志摩は江戸へ戻る途中で手に入れたらしい」

勝之助は塀越しに二階の屋根瓦を見上げた。

「あの子らに仇討ちの術を指南してくれてるそうじゃねえか」

「自分たちで工夫を重ねているんだ」

「五寸釘でってところが、子供らしいや。おれたちもガキの頃に、釘投げで競ったなあ。おまえとおれはいい勝負だったが、九の字の野郎は的外れな所にばっかり飛ばしやがって。人の家に投げ込んで叱られたもんだ」

懐かしそうな口調の話が止まった。

勝之助の表情が重いのに気がついたのだった。

「どうした？　何だ？　あの子らに勝ち目は無《ね》えのか？」

「そうではない。そんなことではない」

「だったら何だよ？」

「弥蔵、おれたちがあの子らの年頃だったとき、親の仇討ちなんて、そんな重いものを背負っていなかったよな……」

勝之助は弥蔵の脇を抜けて路地を戻っていく。弥蔵はあとについた。

「何だよ？　おい、気になるじゃねえか」

「弥蔵、おまえ、人並みに甘くなったな、あの子らが来てから。情が湧《わ》いたか」

「弱い者を助けるのは人として当たり前のことだ。表の世界も裏の世界も違いは無《ね》え」

「おれは迷うんだよ。あの子らを助けていいものかどうか」

「なんだと？　いいに決まってるさ。きくもたけも感謝してるぜ。父親を殺され、まま母にいびり出されて路頭に迷った子らだ。そのままいけばおれみたいに裏の道へ落ちるのが相場だ。女なら苦界《くがい》落ちだ。それが、剣術指南役の先生に助けられて、お殿さまに仇討ちの認可までいただいた。世の中捨てたもんじゃない。道中でもいろんな人に助けられたそうだ。ここでも、高輪のおやじが守ってくれて、勝の字も指南してくれる。善五郎だって口出ししてくれたし。まわりの人のやさしさや手助けが、あの子らには何よりもうれしいのさ」

「それだよ」

「ええ？」

「まわりの人にやさしくされて励まされて。その行きつく先が、仇討ち。子供が、人を殺《あや》めるんだ」

「おまえ、いったい何言ってんだ？」

「雲に訊いた」

「雲？」

「おれたちは、寄ってたかって、子供に人殺しをさせようとしている。それが世間のやさしさ、あたたかさか。おれはだんだん迷ってきた」

弥蔵は勝之助の背中を見つめた。

「おまえ、これまでと言うことが変わってきたじゃねえか。仇討ちは世の誉《ほま》れだ。あの子らはそれで故郷に錦《にしき》を飾れる。勝の字だって、おやじさんのかたきを討とうと」

「あの子らを見てると、どうも、何だか……」

路地から道に出ようとしたところで、

「親分」

若い衆が追ってきた。血相《けっそう》を変えている。

「どうした？」

耳もとでささやかれて、弥蔵の表情が険しくなった。足を止め、おそろしい顔で勝之助を見つめてくる。

「何だ？」

勝之助も足を止めた。

「あの子らが、志摩を襲った。観音宿の内で」

「何だと」

走りだそうとする勝之助の胸を、弥蔵は、ぐっと押しとどめた。

「行けねえよ。おまえは、入れねえ」

「しかし」

弥蔵は首を横に振った。

「わからんのか。おれに任せておくしかねえんだ」

立ちつくす勝之助から、そっと手を放し、きびすを返すと、若い衆を従えて駆け去った。

十

裏町の家並みは宵の暗がりに呑まれていく。

月はまだ昇って来ず、屋根の向こうに隠れている。路地をひんやりとした夜風が流れ、路傍の草むらにこおろぎが鳴いていた。

観音宿の表玄関の木戸は閉ざされていた。内からは物音も人声も伝わらない。軒下に若い衆の姿はなかった。

勝之助は路地を挟んだ軒下の陰にたたずんでいる。観音宿の気配に耳を澄ませていた。

がた、と音がした。木戸が開き、人影が出た。弥蔵だった。左右に目を走らせ、歩きだす。

「弥蔵」

弥蔵は、ここでずっと待っていたのかと驚く目で見返した。

「どうなった?」

弥蔵は一緒に来いと顎を振って足を進める。

「あの子らは無事か?」

「いまのところはな。納戸に押し込めてある」

「志摩は? 死んだのか」

「かすり傷だ」

「そうか。では、あの子らへの仕置きも、厳しくはないな」

「掟破りに変わりはねえ」

厳然とした口調だった。

「子供だぞ。ひょっとすると、志摩のほうが、襲うようにと巧《たく》みに誘ったのかもしれん。志摩にいきさつを問いただしたのか」

町家の並びを通って道に出た。弥蔵は立ち止まって勝之助に向きなおった。

「おれは元締に始末のつけかたを仰《あお》いでくる。後で知らせてやるよ。品川の宿に帰ってな」

「高輪のおやじさんか」

勝之助の硬い表情に弥蔵は眉をひそめた。

「勝の字、よけいなことはするなよ。前にも言ったが、あの宿で面倒を起こせば、おれ一人じゃ、かばいきれなくなる」

念を押して、北のほうへ足早に去っていった。

勝之助は黙然と立っていたが、もと来た路地に引き返していった。

観音宿はあいかわらず静まり返っていた。

路地を挟んださっきの軒下にたたずみ、影に沈んだ宿を見渡した。

内で厄介ごとを起こした者は処分される。下働きの子供であっても例外ではないのだろう。

「弥蔵と、高輪のおやじとやらが、かばってくれないとは限らない……」

自分に言いきかせるようにつぶやいた。

がた、と木戸が開いた。

志摩源次郎が現れた。袴を穿《は》き、大小を差し、手甲脚絆に、打飼袋《うちかいぶくろ》を斜めに掛け、角笠を手にしていた。左右を確かめ、宵闇に紛《まぎ》れて宿を離れようとする。

勝之助は行く手に立ちふさがった。志摩は、ぎょっと身がまえ、柄に手をかけて、暗がりを透かし見た。

「なんだ、おぬしか。おれに何か用か」

柄に手をかけたまま言った。

「あの姉妹はどうなった？」

「存ぜぬ。客を襲うとは、不穏な宿だ。おれは宿を替える。おぬしには、またあらためて居どころを知らせよう」

「どこへ移る？」

「泉岳寺《せんがくじ》の門前に知り合いがいる。しばらく身を寄せるつもりだ。おぬしも、あのガキどもが罰せられて消えてしまえば、何のしがらみもなくなるだろう。その後で、あらためておれと」

通ろうとしたが、勝之助が動かないので、不気味に笑った。

「おれを信じろよ。では、ひとつ教えてやる。おぬしの父を刺したのは、荻野将監だ。不意打ちで、背中からひと突きに」

「……あのとき、もう一人いたのは、やはり荻野……」

「話のつづきは次にしろ」

源次郎は勝之助を押しのけ、街道のほうへと暗がりに消えた。

勝之助は黙って見送っていたが、ふっと息を吐いた。

「やつはお咎《とが》めなしか。だとすると、きくとたけは、助からんな」

瞳に決然とした光が宿った。

十一

観音宿の裏木戸には内から錠が掛かっていた。

勝之助は、脇差を抜き、刃先を隙間に押し込んで、猿錠《さるじょう》を壊した。

裏庭は月明かりでほの白い。

納屋の影を伝い、建物の裏口に身をひそめた。

内は静かだ。

戸をそっと開けて土間に入った。台所だった。内井戸の脇で初老の女が食器を洗っている。大柄な男が流し台で包丁を研いでいた。男はこちらを見た。

「あんた誰だね」

「きくとたけはどこだ？」

男は包丁を投げた。勝之助が首をすくめると、包丁は戸に突き立った。男はすばやく次の包丁をつかんでいる。勝之助は走り込み、台上の麺棒《めんぼう》を取ると、男の首筋を打った。男は横ざまに倒れ、土間にのびた。

立ち上がった女の鼻先に麺棒を突きつけた。

「納戸は？　どこだ？」

女はひるまずに睨み返してくる。

「どこなんだ？」

「……二階の、廊下の奥だよ」

「すまんが、しばらく、静かにしていてくれ」

「あんた、ここをどこだと」

勝之助は麵棒を持ったまま廊下へ土足で上がった。

玄関へまわり、階段を上がる。

二階の廊下の左右には襖が並んでいる。突き当りに、若い男が一人たたずんでいた。

「や、てめえっ」

懐から匕首《あいくち》を抜いたときには、勝之助が間合いを詰めていた。男は麵棒で額を打たれ、廊下に転がった。

勝之助は納戸をのぞいた。

狭い暗がりに、きくとたけが身を寄せ合って座っている。

「乾先生」

「ついておいで」

きくとたけは倒れた男をまたいで勝之助につづいた。

階段を男が上がってきた。浴衣を着て手拭いを持っている。頰に傷がある。凶相だった。廊下に立ちふさがり、勝之助を睨んだが、

「命が惜しくない野郎だな」

と言い、そばの襖を開けて、入っていく。

「ここで面倒を起こすやつを初めて見たぜ」

襖を閉じた。

階段を下りると、きくが、

「待って」

と階段下の小部屋へ入り、打飼袋と布袋を持って出てきた。布袋には得物の五寸釘が入っているのだろう。打飼袋から小刀を取り出して懐へ入れる。勝之助は、台所で姉妹に草履を履かせ、麺棒を元の場所に戻した。大柄な男は倒れたまうめいている。助け起こそうとしていた女が冷徹なまなざしを向けてきた。

「逃げられないよ」

「お世話になりました」

たけは、ぴょこんと頭を下げた。

裏庭へ出ると、男の影が襲ってきた。三人。白刃が閃《ひらめ》く。勝之助は刀を抜き、白刃の光跡をかいくぐり、峰打ちで、胴を、肩口を、背中を打って倒した。

「こっちだ」

裏木戸から出て路地を走り、裏町の暗がりに身をひそめた。

追ってくる者はいない。虫の声が大きくなった。きくは息をつぎながら、

「ありがとうございました。わたしたちのために、乾先生は」

と悲しそうに言った。

「こうなれば、仙台へ帰るしかないな。拙者もほとぼりが冷めるまではここを離れる。途中まで送っていこう」

「志摩は？　まだあの宿に？」

「さっき出ていった」

「どこへ？」

きくの目が強い光を帯びて、じっと見上げてきた。

「ご存知なのでしょう、志摩の居どころを」

「え？」

「昨日、志摩が乾先生を訪ねたのを、知っています。志摩が、わたしにわざと聞こえるように言ってました」

目の光には不信の色が混じっている。

だから今日姉妹は勝之助の所へ習練に来ず、切羽詰《せっぱつ》まった気持ちで志摩を襲ったのだ、と思い至った。

きくは言った。

「乾先生は、志摩とは、つながりがある。志摩を討たれては困るのですね」

「確かに、いま志摩が死ぬと、事の真相が……いや、しかし、それが理由ではない。あなたたちは、まだ若い。若すぎる、だから」

「志摩は乾先生のかたきでもあるのでしょう？　だから、わたしたちに仇討ちを成就させせないおつもりで」

「それは違う。あなたたちは子供だから」

「仇討ちに子供も大人もありません。乾先生だって仇討ちをなさるのでしょう？」

「それは……」

「ここでお別れします。わたしたちは何があっても仇討ちを成し遂げます。観音宿の人たちに追いつかれる前に」

深々と頭を下げた。

「たけ、行くよ」

「うん。乾先生、ありがとう」

路地の暗がりに小さな影が並んで消えていく。

勝之助の硬い表情が揺れた。

「待て」

足を踏みだした。

「志摩は泉岳寺へ向かった。東海道を南へ」

振り返ったきくに追いついた。

「仇討ち助太刀つかまつる」

十二

東海道の両側には民家や商家が軒をつらねている。人の往来がちらほらとあるなかを勝之助と姉妹は急ぎ足で南へ向かった。追いつけるかどうかはわからないが、志摩のあとをたどっているのは確かだった。

薩摩藩の蔵屋敷を過ぎて、波の音が近くなる。家並みが途切れ、月光の射す雑草のなかに、荒れたお堂がある。

「おおい、ここだ」

濡れ縁に、男の影が腰掛けている。志摩源次郎だった。

「志摩っ」

きくとたけは布袋に手を入れて五寸釘の束をつかみ出した。きくは勝之助に、

「わたしたちでやり遂げます。助太刀はご無用に願います」

と言い残し、街道から石段を上がって、お堂に近づいていった。

源次郎は腰を上げ、濡れ縁を歩くと、きざはしの上に立った。

「宿の外におぬしがいたのでな、たぶん、こうなるのではないかと思い、待っておったのだ」

姉妹の後ろについてきた勝之助に、

「目障《めざわ》りなものはここで片付けていく」

と薄笑いを浮かべた。勝之助は、泉岳寺の門前と教えたのは姉妹をおびき寄せるためだったのかと気づいた。

きくは源次郎を睨み上げた。

「志摩源次郎、父、安達村の四郎左衛門の仇討ちに参った。立ち合え」

「懲《こ》りぬガキどもだ」

源次郎は一歩下がり、板戸を開け放した敷居の内側で、柄に手を掛けた。板床の堂内は暗いが、月が射し込んで源次郎の姿を照らし出している。

「いざ、勝負」

きくは凛《りん》とした声をあげた。きくの後ろに、たけが立った。

「いかんっ」

勝之助は叫んだ。

源次郎は、きくとたけの攻めかたを、享楽寺の境内で盗み見したのだ。きくがまっすぐ走り込み、たけがきくの背後から頭上に跳び上がって、上と下から同時に襲いかかる。それを知って、源次郎はきざはしの上で待っている。たけが跳んでも、源次郎の頭上ではなく、目の前に静止するだけだ。たけを斬り捨て、きくを斬るのは容易なのだ。

「見切られている」

勝之助は駆けだした。

きくは、きざはしの下まで走った。だが、屈《かが》んでたけを肩に乗せることはしなかった。

「覚悟っ」

釘を投げながら一人できざはしを駆け上がる。

源次郎は左手を横の板戸にのばしていた。板戸が、さっと源次郎の前に滑り、繰り出された釘は板戸の表にすべて突き立った。

きくは、はっときざはしの途中で勢いを落とした。

源次郎が板戸を蹴った。ばあん、と音を立てて板戸は飛び、きくの上に落ちた。きくは地面に転げ落ち、板戸の下敷きになった。

「小童《こわっぱ》めが」

源次郎は、きざはしを駆け下りると、板戸を踏みつけ、刀を抜いた。板戸ごと刺し貫こうと刃先を下に向けた。

「お姉ちゃん」

たけの投げた釘が源次郎の二の腕に刺さる。

「うぬ」

源次郎は、板戸ときくを踏んで押さえ、走り込んでくるたけを斬ろうと刀をかまえた。

勝之助は踏みだしていた。

一閃。白刃の残像が源次郎の脇を駆け抜けた。

「うっ」

源次郎の視線が虚空《こくう》にさ迷い、目が生気を失った。刀を持った手をだらりと下げ、体がふらりと傾く。口の端から血の筋が流れた。勝之助の影が音もなく離れ

ると、

「えいっ」

釘を投げたたけが目をつぶったまま勢い余ってぶつかり、源次郎はきざはしに腰を落とした。きくが板戸の下から這い出した。

「お姉ちゃん、とどめを」

きくは懐から小刀を抜き、無我夢中で源次郎にぶつかっていった。

「父のかたきっ」

源次郎は地面に転がり、手から落ちた刀が雑草のあいだで静かに光った。

きくは、ふらふらと地面に座り込み、肩で息をつぐ。

「姉ちゃん、やっつけた？」

「うん、やっつけた」

たけは、

「うええん」

と大きな声で泣きだした。

「何かあったのか？　どうした？」

街道から、身なりの立派な侍の二人連れが、声を聞きつけて石段を上がってくる。

勝之助は、お堂の陰で、雑草の葉を取り、銘長曽祢虎徹二十五寸打刀の刀身に付いた血糊《ちのり》を拭きとると、鞘《さや》におさめ、

「やあ、ご照覧あれ」

と出ていった。

「奥州安達村の幼い姉妹が、父のかたきを、見事に討ち取ったのでござる」

二人の武士は、きざはしのほうを眺めた。

「子供が？」

「さよう。力を合わせて、たいした腕前でござった。近年にない快挙。天下の誉《ほま》れでござる」

十三

年の瀬が迫ってきた。

品川宿、享楽寺の墓地。

冬の陽だまりが土塀際の野菊の枯れ草を浮かび上がらせている。

墓石の前で、勝之助は手を合わせていた。

打飼袋を背負った旅装のままである。仙台から戻った足で、まっすぐ父の墓に参ったのだった。

「父上、ご無念を晴らす手掛かりを得ました。いましばらく、ご辛抱ください」

目を閉じた。

「岸和田藩の用人、荻野将監……」

その名前が心に刻まれている。だが謎はよけいに深まった思いだった。

「荻野はなぜ……父上の死の真相を、どう探ればよいのか……」

境内を出て、自分の宿へ帰ろうと東海道を歩いた。

品川宿の往来は、大つごもりを迎える準備で、にぎやかでせわしない。

門松にする竹の束に菰《こも》を被せた荷車が連なって通っていく。品川宿に帰ってきたのだなあ、と懐かしそうな顔になり、

「善五郎はおれの部屋を残してくれているだろうな……」

とつぶやいた。

ふと足を止めた。

背中に硬い物が当たっている。

刃物の切っ先だ。背後に人の気配が立っていた。

「弥蔵だな」

前を向いたまま言った。

「江戸へ帰ってくるとは、命知らずだぜ」

耳もとで弥蔵の声がそうささやいた。

勝之助は言った。

「仙台では、お殿さまが、本懐を遂げてあっぱれなりと、たいそうお喜びだったぞ」

「仇討ち姉妹とチヤホヤされてるってわけか」

勝之助は明るい冬の雲を見上げた。

「いいや。父親の知り合いの本草学者にひきとられた。五寸釘は捨て、草花を育てて静かに暮らすそうだ。剣術指南の瀧本先生の話では、裏の元締めにもお殿さまの上意が通じて、きくとたけの観音宿でのふるまいは水に流すということだぞ。万事めでたしだ」

「おまえは、そうじゃねえ。高輪のおやじは、観音宿を荒らしたけじめをつけさせろと指図した」

刃先は心臓の裏側にぴたりと当てられている。

勝之助は、ふっと笑った。

「弥蔵、甘くなったな。以前のおまえなら、ひと言のことわりもなしに、いきなりグサリと殺《や》っていたところだが。きくとたけの世話を焼いたせいだな」

「そのせいばかりじゃねえ」

声が弱くなったが、すぐに殺気が勝之助の背中を押した。

「おめえも、さっさと自分の仇討ちを済ませちまいな。それまで待っててやる。だが、そんなに長くは待たねえからな」

凄みのあるささやきだった。

刃先の感触が消えた。弥蔵の気配もない。

「さっさと済ませろといってもな。志摩源次郎を斬ってしまったのでな。さて、どう探れば……いや、次の手が、ないこともない……」

そうつぶやいて、勝之助は厳しい顔で往来に足を進めた。

第三章　仇討《あだう》ちの果て

一

「これは残していこう。この先おれが出世すれば値打ちが出るかもしれんぞ」

勝之助は軽口を言いながら、玄関土間の壁に、三尺（約九十センチ）ほどの縦長のぼろ看板を立て掛けた。

仇討《あだう》ち助太刀《すけだち》　尋《たず》ね人探索　手伝い仕《つかまつ》り候《そうろう》

の文字もすっかり薄くなっている。

「本当に、仕官なさるのですか？」

宿の主人の善五郎は未だに信じられないという顔で繰り返した。

「本当だと言っておるだろう。伝手《つて》をたどって、ようやく摑《つか》んだ機会なのだ。まだ正式に決まってはおらんが」

「奥州《おうしゅう》のほう、いわき、へ行くのですか？」

「磐城平《いわきたいら》だ。江戸詰めの藩士として、上屋敷《かみ》に入るのではないかな。そこで優《すぐ》れた人物であると認められたなら、正式に召し抱えられて、出世の道が開けたも同然」

善五郎は、いかにも素浪人然とした勝之助を眺めて、

「ご無理なさっていませんか」

「え？」

「そういう考えかたは、どうも、あなたらしくない。そんなふうに上を目指すお方だったとは。お父さまがいらした頃のように放浪の武芸者に戻る、というならまだしも……」

「おれも乾家の惣領《そうりよう》。出世して、そろそろ姉上にも安心してもらってだな」

「心配でございます」

「言うな」

「あなたに、きちんとしたお勤めができるのかどうか」

「言うなというのに」

「やってみて駄目だったらいつでもここに」

「心配無用」

「どうしても出世なさるおつもりで？」

「善五郎、世話になった。さらばだ」

百舌鳥屋《もずや》を辞した勝之助は、一張羅《いっちょうら》の袴《はかま》に、大小を差し、下着や小物を詰め込んだ打飼袋《うちかいぶくろ》を肩から背負って、江戸市中を目指した。

正月の松の内もあけて、品川宿には春を思わせるおだやかな陽射《ひざ》しが降り注いでいる。

磐城平藩から正式な呼び出しがあるまでは、とりあえず、愛宕山下《あたごやました》、西久保《にしくぼ》の義兄宅に居候《いそうろう》するつもりだった。姉の圭は、弟の急な仕官の知らせに驚いている様子だった。喜ぶ一方で、父の死の真相を追う気持ちを失《な》くしたのかといぶかしんでいるかもしれない。だが、圭なら、仕官先がなぜ乾家に縁もゆかりもない磐城平藩なのかと考えて、勝之助の口にしない本当の目的を察してくれるだろうと思えた。

本来なら、岸和田藩に入り込んで、父の死の真相を探りたいが、藩の公金横領に加担したとみられる人物の息子を近づけるはずがない。磐城平藩は、岸和田藩主の正室の実家である。いまの磐城平藩主は正室の兄弟だった。上屋敷も、岸和田藩は山王日枝《さんのうひえ》神社に隣接し、磐城平藩は溜池山王《ためいけさんのう》にあって近い。その縁で両藩は江戸では、菓子、魚、青物、酒などの売買で交流がある。勝之助が素性《すじょう》を上手《うま》く隠して磐城平藩に潜《もぐ》り込めば、岸和田藩の内情も探ることができるはずだった。

品川を出て、東海道は海沿いを進む。おだやかな海に弁才船《べざいせん》が帆を掛けて渡っていく。とんびが高く鳴き声をあげて澄んだ冬空に輪を描いていた。

泉岳寺を過ぎ、芝田町《しばたまち》を歩いているときだった。

ふあぁ、と大きなあくびをしていると、いつのまにか、男たちに囲まれていた。

目立たない商売人ふうの男たちなのに、眼光が鋭《するど》く、凄《すご》みがある。勝之助に歩調を合わせて自然な歩みだが、脱け出す隙《すき》がない。

右の脇腹と左の脇腹に、硬く、鋭利《えいり》な物が触れた。

「いつでも刺せるぜ。そこの路地に入れ」

耳もとで低い声がする。火の玉の弥蔵だった。

「おれが本懐《ほんかい》を遂げるまで待ってくれるのではなかったのか」

勝之助は苦笑いを浮かべた。

「殺《や》るならここで殺ればいい」

「黙ってついてくるんだ」

勝之助は自分の刀の柄《つか》に目を落としたが、逆らわずに囲まれたまま東海道を進んだ。芝金杉に入ると、街道を離れ、町家の一画を抜けて裏町に折れた。導かれたのは、一軒の旅籠《はたご》の前だった。御宿《おんやど》、と書いた木札を柱に打ち付けただけの、ひっそりとした宿だ。木札の下に一枚の紙のお札が貼ってある。

おんあろりきやそわか

観音宿《かんのんやど》である。裏の世界の符丁《ふちょう》で、悪党やお尋ね者が使う宿をいう。勝之助は以前この宿を襲い、子供の姉妹を助け出したことがあった。宿の内を荒らせばたとえお奉行さまだって生きて出て来られねえ、と弥蔵に忠告されていたにもかかわらず。

木戸が開き、土間へ押し込まれ、大小をすばやく奪われた。

「上がれ」

有無《うむ》を言わさぬ口振りだった。

二

奥の座敷に座らされた。

背後の壁際には、弥蔵をはじめ、凶相の男たちが横並びに座った。いつでもひと刺しできるようにと張りつめた気を勝之助の背に注いでくる。

勝之助の正面に、一人の老人が座っていた。商家のご隠居という風体《ふうてい》で、ちんまりと座して、勝之助に静かな目を向けている。六十を過ぎているだろうか。人なかにいても目立たない好々爺《こうこうや》という感じがした。

江戸の元締めがいると聞いたことがあった。高輪のおやじ、と弥蔵は呼んでいた。弥蔵を裏の稼業で育てた師匠でもある。この老人がその人なのかと見返した。黒目がちの瞳には何の感情もあらわれていない。畳の上に置かれた物を見るように勝之助を眺めている。

「あんた、ここの決まりごとを破ったね。死んでもらうよ」

素《そ》っ気《け》ない口調で言った。

「そんな断わりを入れずとも、さっさと殺ればよかったではないか。畳が汚れますよ」

　老人は、くくっと笑って身をかがめた。目は笑っていない。

「殺る前に、あんたに、ひとつ頼みたいことがある」

「なに？　引き受けても、用が済んだら、どうせ殺すのであろう。ならば、いま殺せ」

「いやあ……」

　両腕を組み、目を閉じた。そのまま動かなくなった。

「どうせ殺されるのに引き受けるはずがなかろう」

　勝之助が呆《あき》れたふうに繰り返すと、目を開いた。

「あんたがここを襲ったのは、子供らを助け出すためだった。そもそも、あの子らの手助けをしてやってくれとあんたに頼んだのは、その、弥蔵だ。元をたどれば、弥蔵にあの子らの世話を任せたのは、このわしだ。法度を犯した者を消すのは問答無用の掟《おきて》だが、問答無用だけでは、あんたも、ちと気の毒なようだ」

「では、殺す前に、助かる機会を与えようというわけか」

「呑み込みが早いね」

「断る」

「どうして？」

「なんというか、聞いているとどうも、そっちの都合ばかりで、掟とやらも拙者《せっしゃ》の命も、振り回されておる。筋が通らんことに加担は致さぬ」

「それでは、いますぐあんたを殺る」

「殺るなら殺れ」

勝之助の瞳が、ただでは殺られぬという凄愴《せいそう》の気を帯《お》びはじめた。

「死ねばお姉さんが悲しむよ」

「うぬ」

瞳の光が弱くなった。

「せっかく弟の仕官が決まりそうで、乾家の復興もこれからだというのにな」

勝之助は後ろを振り返った。

「おい、弥蔵、おまえの師匠は卑怯《ひきょう》だ」

老人は言った。

「わしの頼みをきいてくれたら、ここで暴れた件は、なかったことにしてやる。仕官の邪魔もせん」

勝之助は怒りのまなざしで老人を見据えた。

「何をしろと言うのだ」

「あんたの、なりわいだ。仇討ち、助太刀……何だった？」

と弥蔵を見た。弥蔵が答えた。

「仇討ち助太刀、尋ね人探索、手伝い仕り候」

「それは廃業した」

「頼むよ」

老人はいきなり頭を下げた。

「仇討ちを成就《じょうじゅ》しないで死にかけている人がいるんだ。さぞ無念だろうと、気の毒でな。放っておけんのだ」

勝之助を見上げた瞳に弱い光が揺れている。

勝之助は、ぐっと怒りを呑み込んだ。目を閉じ、気持ちを落ち着かせようと鼻から太い息を吐いた。目を開けると、渋面で、

「で？　誰が誰を討つのだ？」

老人はうなずいた。

「話を聞いてやってくれ、本人の口から」

「本人？　依頼主はこの宿の客か」

老人は立ち上がった。

三

老人が先に立って階段を上がっていく。勝之助の後ろには弥蔵だけがついてくる。勝之助は老人の背中に、

「高輪のおやじというのはあんたか？」

とたずねた。

「そう呼ばれたりもする」

二階廊下の奥の間に導いた。

襖《ふすま》を開けると、饐《す》えた臭いが籠もっていた。老病や死を思わせる臭いだった。

六畳間に夜具を敷き、白髪の老人が眠っていた。髷《まげ》の形で武士だとわかる。頬《ほお》はこけ、目は落ちくぼみ、頭の骨が浮き出ている。衰弱して死期が近づいているのは明らかだった。

高輪のおやじは枕もとに座り、

「岩垣《いわがき》どの」

耳もとで声を掛けた。

「助《すけ》っ人《と》をおつれしましたよ」

目が開いた。弱々しい、焦点を結ばない光だった。

勝之助は、高輪のおやじと反対側の枕もとについた。

「乾勝之助でござる」

白い無精髭《ぶしょうひげ》がまばらに生《は》えた頬と顎がわずかに動き、乾いた唇が開く。歯がなかった。

「岩垣玄太夫《げんだゆう》でござる」

煎じ薬の匂いと、内臓が腐っているような臭いがした。

高輪のおやじが言った。

「乾どのが、かたきの居どころを探し出して、仇討ちの助太刀もしてくれます」

岩垣玄太夫の金壺眼《かなつぼまなこ》の瞳が、消えかけた熾火《おきび》に息を吹きかけたように、ぱっと光を宿した。

「かたじけない。世話になり申す」

「いえ」

「かたきの名は、大倉水埜介《おおくらみずのすけ》。江戸府内に潜伏しておると聞きました」

「江戸府内の、どの辺りですか?」

「それは、わからぬ。江戸で見掛けたという風の噂《うわさ》」

「……では、大倉水埜介の容貌《ようぼう》、いでたちなどは?」

「三十年前に相まみえしときは、身の丈五尺三寸（約百六十センチ）、瘦《や》せて、手足が長く、面長で、額狭く、眉細く、目も細く、鼻筋が通り、唇は薄く、顎、長し。耳は福耳。右の手首に、赤あざがござった」

　よどみなく答えた。

「三十年前ですか。大倉は、いま何歳です?」

「拙者よりも十歳年上。拙者は、当年六十七でござるから、大倉は、七十七」

「七十七歳……」

　まだ生きていますか、の言葉を止めて、高輪のおやじと、襖のそばに居る弥蔵を見た。二人ともまじめな顔で玄太夫を見つめている。

　玄太夫は、首まで掛けられた夜着の縁を、骨と皮になった指で握り、

「拙者三十七歳のとき、弟とともに、伊勢《いせ》亀山《かめやま》ご城下にて、大倉を追い詰め、千載一遇《せんざいいちぐう》、父の仇、覚悟、と切り結びしが、あとひと息というところで逃げられ、以来、また三十年間、大倉の消息を求めて浪々流転《ろうろうるてん》の日を過ごしてまいった」

熱の籠もった目で見上げてくる。

「また三十年間？　亀山で相まみえるまでに、何年かかったのですか？」

「父が大倉に討たれたのが、拙者七歳の年。十七歳で仇討ちの旅に出て、二十年目に、ようやく亀岡藩に仕えていた大倉を見つけたのでござったが……」

「つまり、七歳でお父上を亡くされてから六十年、十七歳で仇討ちを祈願なさって以来五十年の間、大倉を追いつづけてこられた？」

「さようでござる。父が討たれた直後、年の離れた長兄がすぐに大倉のあとを追ったのだが、八年後に、京の七条河原《しちじようがわら》にて返り討ちに遭って命を落とした。拙者とともに仇討ちの旅に出た弟も、いまは居らぬ。故郷にもすでに家族はなく、帰る家もない。天涯孤独、この身は死すとも、大倉水埜介を討って、その首を父の墓前に供え申して……」

眼光が冴え、熱に冒《おか》されたように、

「そもそも、大倉が父を討ったのには、どのような因縁《いんねん》があったのかと申すと……」

と語りだした。高輪のおやじが顔を寄せた。

「少しお休みなさい。あとは私どもが話します。乾どのには、一刻も早く、探索に取り掛かってもらいます」

「そうか」

歯のない口をもぐもぐさせ、勝之助に、

「頼みましたぞ、頼みましたぞ」

ぶつぶつと繰り返した。

四

高輪のおやじは、勝之助を玄関から送り出す際に、

「逃げたり、騙《だま》したり、誤魔化したりは、なしだ。江戸中の、いや、日本中の悪党が、あんたを襲いつづけることになる」

と念を押した。

勝之助は大小を受け取り、自分の打飼袋は、

「預けておく」

と式台に残し、

「大倉水埜介がすでに死んでいたら？」

と訊いた。

「二人とも生きているうちに済ませてくれ。あんたが頼みごとを果たしたと言えるのは、そのときだけだ」

高輪のおやじは厳格な態度を取り戻してそう言いわたした。

弥蔵がついて出て、並んで歩きだした。

「何だ？　お目付《めつけ》役か」

「手伝うことがあれば、言え」

「悪党の網の目で、大倉水埜介を探しているのか？」

「やっている」

「江戸で見掛けたという風の噂、か。雲をつかめというのだな」

観音宿を出ると道を戻った。

「かたきの大倉は、腕が立つのか？　いや、立ったのか、と言うべきだな」

「宝蔵院流《ほうぞういんりゆう》の槍《やり》の遣《つか》い手だそうだ。岩垣どののお父上も長兄も槍で倒された」

「槍遣いの大倉。聞かぬ名だが」

「そもそも、岩垣家は、青山因幡守《あおやまいなばのかみ》に知行二百五十石取りで仕えた家柄だ。六十年前、岩垣どののお父上は、若かった大倉水埜介を、親同士が知り合いだった縁で、家に住まわせ世話をして、武芸や学問に励ませた。大倉は、槍の修行だけは熱心だったが、人柄は、傲岸《ごうがん》、無頼《ぶらい》で、評判は悪かった。あるとき、岩垣どののお父上が、槍の習練を積めばさらに上達するであろうと励ますと、その言葉をゆがめて受け取り、自分はもう充分に強い、試しに手合わせを所望します、と挑んできた。お父上は木刀、大倉は槍の竹刀で仕合をして、お父上が大倉を打ち伏せ、ついでに大倉の素行に意見をした。逆恨《さかうら》みをした大倉は、お父上が帰宅する夜道で待ち伏せをして、いきなり槍で突き殺し、そのまま遁走した。十六歳だった長兄どのは、すぐに大倉のあとを追い、八年後に返り討ちに遭って亡くなるまで故郷に戻ることはなかった」

「父が殺されたとき七歳だった岩垣どのは、長兄のあとを継いで、十七歳で仇討ちの旅に出た。以来五十年間……」

「そういうことだ」

「弥蔵は詳しいんだな」

「あの枕もとで岩垣どのから何度も聞かされた」

「仇討ち一途のお侍がどうして観音宿なんかにいるんだ？」

「高輪のおやじが、昔の恩があるそうだ」

「ふん、あのおやじ、上手くおれを巻き込みおって。だがどうして、掟どおりに消さずに、こんな取り引きをしておれに助かる機会を与える？　子供らの世話のことで云々などと。腑《ふ》に落ちん。闇の元締に似合わぬ温情ではないか」

「知らねえよ」

「まあ、とにかく、おれも近々、仕官でお呼び出しが掛かる身だ。さっさとこの仇討ちを成就させてしまおう」

「藩士になるって話は本当かよ。おまえに」

「ん？　その先を言うなよ」

「おまえに城勤めなんか」

「言うなと言っておる。おれだっていつまでも釣り糸を垂れてぶらぶらしてはおらんのだ」

入間川《いるまがわ》を渡った。勝之助は河口のほうに視線を放った。水辺で子供たちが歓声をあげて泥まみれになっている。

「ガキの頃は一緒に遊んでいたのに、いまでは、弥蔵は顔役、九十郎は同心《どうしん》。独り立ちしてそれぞれの稼業でそれなりのものになっておる。おれだけだ、何者にもならずにぶらぶらしているのは」

「おれも九の字も、けっきょくは、なるべくしてこうなっている、ってものになってるな」

弥蔵は、ふっ、と口の端で笑い、

「人柄が境遇を決めるんだとすると、いちばん自分にふさわしいものになっているのは、勝の字だ」

「ん？　どういうことだ？　いつまでもぶらぶらしているのは、おれの人柄ゆえと言いたいのか」

「だからさ、おまえの自然の姿を思うと、城勤めなんて」

「言うな言うな、友の仕官を知ったら、祝い袋のひとつも渡すのが当たり前だぞ。それが何だ、死にたくなければ言うことをきけだとか、仕官は似合わんだとか」

本芝釜屋横丁の裏路地にある弥蔵の店まで歩いた。

間口一間半、小さな看板に「蔵回り　御つかい物」とだけ墨書している。質流れ品を売買する業者が弥蔵の表の顔だった。店の戸を開いてあきんどの顔になった弥蔵に、

「おれはこの足で大倉を探してまわる」

と告げた。

「闇雲に歩きまわるのか」

「やむをえん。大倉水埜介は槍の遣い手。道場や武芸者にたずねてまわろう」

「夜はここで寝ろよ」

「剣呑《けんのん》剣呑」

「姉さんのところへ？」

「そのつもりで善五郎の所を出たのだが。あまり出歩くと姉貴にいろいろと探られそうだ。それもうるさいな。では」

勝之助の背中に、

「知らせを待ってるぜ。岩垣どのも大倉も生きているうちに」

と声が追いかけた。

「わかっておる」

「それにな、おれは……」

「ん？」

振り返ったが、弥蔵は冷徹な顔で顎をしゃくった。

「早く行きな」

勝之助の後ろ姿は、頼りなげで、どこをたずねるという当てもないように映った。

五

三日間、底冷えの寒さがつづいた。空気が乾いて町は埃《ほこり》っぽくなった。

昼過ぎに、勝之助は弥蔵の店に顔を出した。一張羅の袴を穿いたままだが埃で薄汚れた姿になっていた。

「知り合いの伝手をたどって槍の道場や剣客《けんかく》を巡ってみたのだが」

徒労感が漂っている。額《ひたい》に紫色のあざができていた。

「どうしたんだ？」

「行く先々で、道場破りや勝負を挑みに来たと勘違いされた。なかなかの達人もおったのでな」

「大倉の所在は？」

首を横に振る。

「まったく。そっちの網の目は？」

「引っ掛からねえ」

勝之助は、ふう、と肩を落とした。

「岩垣どのの様子は？」

「この寒さで弱ってきている」

「困ったな。かくなるうえは、町の辻に高札でも張り出すか」

「馬鹿を言うな。次の一手はないのか？　もうお手上げか？」

弥蔵の底光りする目が圧力を加えてくる。

「そうだな。裏の網の目が役に立たないのなら、表から探してみるか」

「表？　九の字か」

「大倉水埜介が過去に江戸で何か事を起こしていたなら、奉行所に控えが残っているかもしれん。あまり当てにはできんが」

「待てよ。観音宿でのことは表沙汰にはできねえぜ」

「いずれにせよ、仇討ちをするとなれば、奉行所に届け出ねばならん」

弥蔵は眉根《まゆね》を寄せて考え込み、

「仇討ちよりほかのことは、表沙汰にはするなよ」

と念を押した。

「おれが奉行所に訴えて庇護を求めるとでも思ったか。案ずるな」

勝之助は射し込む陽に目を細め、

「では」

と離れていった。


幼なじみの佐野九十郎は南町奉行所の定町廻《じょうまちまわ》り同心である。八丁堀の佐野宅を訪ねると、九十郎は仕事を休んで家に居た。玄関脇の六畳間に、夜着をひき被ってふらふらと現れると、座布団に、どっかとあぐらをかいた。いかつい顔に、精気がなく、鼻水をすすっている。

「どうした？」

「風邪だ。庭で素振りをしたあと、井戸水を被ったのだ」

「鍛錬不足だな」

「冷やかしなら帰れ。おれは寝る」

くしゃみをした。

「人を探しておる。七十七歳の老剣客で大倉水埜介。宝蔵院流の槍の遣い手だ」

「聞いたことないな」

九十郎の力のない目を見ると、急いで奉行所で記録を調べてみてくれとも言えなかった。

「ああ、そうだ、探されているのは、おまえのほうだぞ」

と九十郎は言った。

「おまえ、品川の善五郎の宿をひき払ってから、姉上の家へ行ってないだろう。姉上の所の爺《じい》やが、おまえを探して訪ねてきたぜ」

「急用かな?」

「磐城平藩に関わりのある安富彦左衛門《やすとみひこざえもん》という人が、おまえに会いたいと言ってきたそうだ」

「おお、仕官のお呼び出しか。それはいつのことだ?」

「昨日だ」

「なにっ。こうしてはおれん。いまから行ってこよう。九十郎」

「何だ」

「体を洗わせてくれ。それと、着物を貸してくれ。裃《かみしも》だ」

「紋が違うぜ」

「あ、では、着物でよい。一張羅のやつを、頼む」

六

安富彦左衛門の屋敷は深川富川町《ふかがわとみかわちょう》にあった。小名木川《おなぎがわ》の北岸、新高橋《しんたかばし》を渡ったところに、土塀に囲まれた邸宅をかまえている。

障子窓《しょうじ》に、傾きだした陽が射している。

安富彦左衛門は、身なりから見て、商人だった。屋敷の様子や裕福そうな外見から、藩お抱えの大店《おおだな》の主人だと見える。太りじしで、血色がよい。顔に細かい皺《しわ》が走っていて高齢だが年齢不詳といった印象だった。髷や、温厚そうな顔つきは、商人ふう。細い目にチラと浮かぶ峻厳《しゅんげん》な光、武骨な形の手指は、武士らしくもある。

勝之助のとまどう顔色を読んで、

「手前は、元は当藩の侍でした。元締方《もとじめかた》といって、財用方の役人をしておりました」

と言った。

「その後、安富屋の株を買い取って商人となり、藩の御用をうけたまわっているのです」

「商人のあなたが、仕官の支度《したく》をしてくださるのですか？」

「そうではありません。お呼びしたのは、内密のことで。乾さまが、後に憂《うれ》いを残さずに仕官なさるお手伝いを、と思いまして」

何やら含みのある言いかたをして、

「大倉水埜介という武士をお探しだとお聞きしました」

と探る目になった。

「いかにも。どうしてご存知なのでござる？」

「あちこちの道場を探して歩いていらっしゃると、昔のつきあいで、教えてくれる者がおりまして」

「はあ、そうでしたか」

地獄耳で抜け目のない様子である。ちょっと油断のならない老人だと感じた。穏やかな見た目によらず、遣《や》り手の商人であるらしい。

「大倉水埜介の居どころを、存じております」

「え、生きていますか」

「はい。深川の裏長屋で。独り暮らしで、寝たきりになっていますが、まだ息はしておりますよ」

「そうですか……あなたのお知り合いですか？」

「武士だった頃の知り合いではありません。私の商売で、雇っていた者です。深川の材木置き場で、差配、といっても下働きで、働いていました」

「ずっと江戸にいたのでしょうか」

「三年ほど前に水戸《みと》のほうから流れてきて。もう年を取っていたので、人足の差配や帳簿付けを、まあ、手伝い程度ですが、やってもらっていました。この半年ほどは、体が衰えて、休んだり、働いたり。とうとう寝たきりになってしまって」

「大倉水埜介と名乗っていますか」

「いいえ。いまは佐倉藤兵衛《さくらとうべえ》と。人別帖に記す際に、前の名前を知りまして」

「そうですか。まだ息はしているが、寝たきり……」

「この頃は眠りっ放しだそうで。同じ長屋の婆《ばあ》さんが世話をしていますが、飲み食いもほとんどしないので、下の世話もそれほど要らないとか」

勝之助は、ううむ、とうなった。

「乾さまは、大倉にどのようなご用がおありで？」

「仇討ちの、かたきでして。拙者の知り合いが探しているのでござる」

「ほお、なるほど」

あまり驚いていない。それも知っていたような気がした。勝之助が大倉を探していることを昔の武士仲間のつながりで聞いたと言ったが、実際は、裏の世界に流れている知らせで、観音宿の岩垣老人の一件を耳にしたのかもしれない。この安富彦左衛門という老人は、あるいは高輪のおやじの同類だろうか。

勝之助はたずねた。

「それで、大倉は、仇討ちに応じて、戦えそうですか？」

「さあ」

首をかしげた。

「まあ、ともかく、本人に一度会ってみてください。いまからそこへおつれします。深川の、仙台堀端《せんだいぼりばた》です。駕籠《かご》を手配しましょう」

仙台堀端ならそう遠くもないので歩いていけるが、内密のことなので人に見られてはいけないのかと考え、

「お願いします」

と頭を下げた。

裏門から二台の駕籠で出た。

大横川《おおよこがわ》から亥之堀《いのほり》に沿って、木場を通り抜けると、仙台堀端に、裏長屋のかたまる場末の一画があった。

駕籠を下りて路地を歩き、どぶ板を踏んで、陽の射さない、空気のよどんだ奥へ入り込んだ。子供の泣く声や老人の咳《せ》き込む声が響いている。

棟割長屋の破れ障子の前に立った。

「ここです」

安富彦左衛門は内には声も掛けずに戸を開いた。

暗い土間と、四畳半の黒ずんだ畳。

うす汚れた夜着を掛けられて、頬のこけた老人が眠っている。

長持や行李《こうり》、ちゃぶ台が並んでいて、畳に上がって座るゆとりはない。

安富は上がり框《がまち》に手をついて老人のほうへ身を乗り出した。

「佐倉さん、佐倉さん」

何度か呼ぶと、喉《のど》で痰《たん》がからまるような、ああ、と弱い声がした。

「佐倉さん、あんた、昔は、大倉といいなさったね。大倉水埜介」

返事はなかった。浅い息遣いだけが聞こえる。

勝之助は煤《すす》けた壁や天井を見まわした。槍はなかった。刀も、刀簞笥《かたなだんす》もない。ちゃぶ台に、縁の欠けた茶碗と、乾いた飯粒のこびりついた箸《はし》が転がっている。六十年間、逃げつづけてきての、これが終《つい》の棲家《すみか》だった。

「佐倉さん、どうなんだね」

勝之助は見ていて息苦しくなり、

「あのう、いや、寝かせてあげてくだされ」

と制して路地に出た。

七

本芝釜屋横丁の弥蔵の店。

西の空が朱《あか》く染まって、軒下や道端に夜の陰が広がりだしている。

「さっそく手配しよう」

店先の板間に、弥蔵の顔が陰影を宿して浮かびあがる。

勝之助は上がり框に腰を下ろしていた。顔の半分が残照に濡れている。

「手配とは？」

「若い者を深川に遣って大倉が逃げないように見張らせておく」

「あれでは逃げられん」

「おれは品川へ行って、岩垣どのに仇討ちの支度をさせよう。決行は、明日だ」

「岩垣どのは深川まで歩けるのか」

「駕籠で運ぶさ」

「刀が持てるかな」

「勝の字よ、助太刀がおめえの商売じゃねえか」

「寝たきりの年寄り同士を……」

路上に伸びた家の影を見つめた。弥蔵は言った。

「あと、奉行所に届ける書状を、代書しておいてくれ。恐れながら口上、云々《うんぬん》ってやつだ」

「おれは公事師《くじし》ではないぞ」

「事のついでだ。奉行所の許しを待ってるひまはねえから。九十郎の所へでも投げ込んでおいてくれ」

「ううむ……そこまでして……」

「何だ？　浮かねえ面《つら》だな」

「討つ側も、討たれる側も、双方、足も立たぬではないか。このまま静かに末期《まつご》を迎えさせてあげればどうだ。おれたちが仇討ちへと追い込んでいるようで、どうもすっきりせぬ……」

弥蔵は、けっ、と侮蔑《ぶべつ》の色を浮かべた。

「勝の字よ、前にも、そんなようなことを言ってたな」

「おれは迷うんだよ。仇討ちというものに。これまで、助太刀をして、何度も見てきたからな」

「それで？」

「どんな値打ちがあるんだ？　生涯を懸けて、命を懸けて。岩垣どのは、仇討ちを成就しても、もはや帰る故郷も家もないんだろ？」

「大倉を討たなきゃ岩倉どのも成仏できねえだろ」

「仇討ちそのものが生きる目的か」

「そうだ。おめえも、岩垣どのに大倉を討たさなきゃ、その先どうなる？」

勝之助は黙り込んだ。

「勝の字だって、お父上のかたきを討つために……」

勝之助はのっそりと立ち上がった。

「どこへ行くんだ?」

「九十郎の所だ。着物を返さなくては。書状をしたためてその場で預けられるし。ついでに、ひと晩、厄介になろう」

「九十郎がこの件の裏を探らねえか?」

「風邪で臥《ふ》せっている。今夜は動けんだろう」

「病人の家に厄介になりに行くのか」

弥蔵は呆れたというふうにつぶやいた。

店を出ようとして、勝之助は振り返った。

「高輪のおやじが、どうして、掟を曲げて、おれと取り引きしたのか、考えているんだが。弥蔵、おまえが、おれの腕を売り込んで、あのおやじを説き伏せたのではないのか」

「知らねえよ」

「そうか……」

歩きだした勝之助の背中に、弥蔵はつぶやいた。

「この仇討ち、成就させてやってくれ。それにな、おれは勝の字に、生きていてほしいんだ」

勝之助には届かない小さな声だった。

八

翌朝、寒さが緩み、空は雲に覆われていた。勝之助は佐野九十郎宅の門を出た。洗濯されて糊《のり》のきいた自分の着物と袴を穿き、大小を差している。無精髭も剃《そ》って、腹も満ちたといった顔をしていた。

「お礼に今度は薪《まき》割りをしに来なければ。そうだ、出世払いだ。藩士になったら、何か美味い物でも」

角を曲がり、はっと足を止めた。

弥蔵が立っていた。

「岩垣どのは駕籠で深川へ向かっているぜ。奉行所に出す書状は？　九の字に預けたのか？」

「昨夜渡した」

並んで歩きだした。

「あいつ、風邪で寝込んでいるのか」

「今朝は早くに出仕した。まだ足もとがふらついておったが」

黒い雲が流れ、遠雷が聞こえる。弥蔵は耳を澄ませ、

「冬の雷か？　おかしな空模様だぜ」

足を速めた。

永代橋を渡り、深川寺町の山門が連なる道で、駕籠に追いついた。目隠しの垂れを下ろした辻駕籠で、その前後に、地廻《じまわ》りふうの若い男たちが四人、つかず離れずに従っている。弥蔵と勝之助はそのあとにつづいた。

海辺橋《うみべはし》を越え、仙台堀川に沿っていくと、裏路地への入り口で駕籠は止まった。大倉水埜介を見張っていた男が迎えにきていた。戸板を一枚、そばの壁に立て掛けている。

若い男たちが戸板を駕籠に並べて置いた。

弥蔵が、

「岩垣どの、これに」

駕籠からよろよろと上半身を出す岩垣玄太夫を助けて、戸板の上に座らせた。

老人は、白い鉢巻を締め、たすきを掛け、新しい足袋《たび》を履いていた。大小を帯び、ぜえぜえと息をついでいる。男が二人で岩垣玄太夫の乗った戸板を持ち上げ

た。その前後を男たちが守る。弥蔵は見張っていた男に案内され、男たちをひきつれて路地へ入っていく。勝之助はそのあとについていった。

どぶ板を踏み、裏長屋の連なりを折れ曲がって、奥へと進んでいく。乗せられた玄太夫の腕が垂れ下がって揺れている。

大倉水埜介の住まいの手前で、先頭の男が停まった。

「おい、ここからは行ってはならん」

声が響く。路地に立ちふさがる男がいた。黒羽織に、朱房の十手。定町廻り同心、佐野九十郎だった。

「この仇討ち、しばらく奉行所が預かる」

げほげほ、と咳き込んだ。

「どういうことだ?」

弥蔵は九十郎を見据え、勝之助を振り返った。

「勝の字よ、何か企んだな」

「そうじゃねえ」

と九十郎は言った。

「書状はまっとうなものだ。勝之助が寝る間も惜しんで書いたからな」

「じゃあどうして許されねえんだ？」

「わけは、いまは言えん。とにかく戻れ」

弥蔵は玄太夫を見た。ぐったりと目を閉じている。弥蔵は、おもむろに前へ出た。

「通らせてもらうぜ」

「止《よ》せ。こらっ。はあっくしょんっ」

弥蔵と九十郎は揉みあった。男たちが押し通ろうとすると、九十郎の背後から岡っ引きたちが現れた。

「神妙にしろ」

「何をっ。お武家さまの仇討ちだ、そこ通せ」

ぶつかりあい、揉みあいになった。

「勝の字」

弥蔵が叫ぶ。

「岩垣どのを」

「う、うむ」

戸板に乗ったまま押されて退がってきた老人に、

「岩垣どの、さ、拙者に」

背中を向けた。男たちが手伝って、玄太夫は勝之助の背中におぶさった。軽い。揺らすと骨が折れそうだった。

「行きますぞ」

勝之助は路地を駆けた。別の角を曲がり、違う路地を抜け、迷いながら進んだ。九十郎と弥蔵たちの争う騒ぎが、近くになったり、離れたりする。勝之助の耳もとで、

「早《は》よう、早よう」

しわがれ声がつぶやいた。

大倉水埜介の住み家の前に出た。脇の路地では九十郎たちが揉みあっている。

勝之助は障子戸を開けて土間に飛び込んだ。

昨日と同じ姿で四畳半に老人が眠っている。

「岩垣どの、大倉水埜介でござる」

玄太夫は、ふが、ふが、と興奮して息が上がり、金壺眼を見開き、枕もとに這い寄った。

「父と、兄の、かたき、大倉水埜介、覚悟」

なんとか刀を抜いた。よろよろと膝立ちになり、両手で柄を逆手に持つと、寝息を立てる喉もとに切っ先を向けた。切っ先が、ぶるぶると震える。

九十郎が駆け込んできた。

「おい、待て」

切っ先が下りた。

「ああっ」

喉もとを逸《そ》れ、畳に突き立った。

ふう、と九十郎が息をつく。その横で、弥蔵が、

「岩垣どの、早く、とどめを」

と叫んだ。

玄太夫は柄から手を離し、畳に尻をつき、壁にもたれかかった。眠る老人の顔を凝視している。

「どうしました？」

勝之助が声を掛けると、玄太夫は首を横に振った。

「違う。大倉水埜介ではない」

「いまは佐倉藤兵衛と名乗っていますが、以前は、大倉水埜介と」

首を横に振る。

「大倉の顔は、三十年の間、まぶたに刻んでござる。この男ではない」

瘦せ細った手で、眠る老人の瘦せ細った右腕をつかみ、持ち上げた。

「しるしが……」

手首にあると言った赤あざはなかった。

九

「こいつは大倉水埜介じゃなかったのか」

弥蔵は気が抜けたようにつぶやいた。

「九の字はそれを知って止めに来たのか」

「この人が前に大倉水埜介だったかどうかは知らん。だが、いま死なれては困るわけがあってな……」

九十郎は言葉を濁《にご》していたが、弥蔵と勝之助に睨まれて、

「実は、この、佐倉どのは、奉行所のために働いておったのだ。というのも、雇い主の、安富彦左衛門、元は磐城平藩の藩士だったが、いまはかなりの大店で。

法を破ってあくどい儲けをしているらしい」

　弥蔵をチラと見返し、

「この佐倉どのは、安富屋に潜り込んで、不正の証を探っていた。ところが、奇妙なことに体を壊して、こんなありさまだ。奉行所が事情を探索しておったところだ。そういういきさつを、おれは知らなかった。今朝、勝之助に預かった書状を奉行所に持参して、初めて聞かされた。それであわてて止めに来たんだ」

「藩の不正を探索だと？　町奉行の縄張りじゃねえだろ」

「大目付《おおめつけ》に話をつなぐにしても、まず、確かな証をつかまないとな」

　勝之助は、眠りつづける隠密、佐倉藤兵衛を見下ろしていたが、

「しかしどうして、安富屋は、この人を大倉水埜介に装ったんだ……」

　とつぶやいた。九十郎が言った。

「自分の手で殺せば、奉行所の詮議が厳しくなる。仇討ちの話を聞きつけて、それにかこつけて佐倉どのを他人に殺させようと謀《はか》ったわけだ。口封じだ」

「それだけが理由かな。仇討ち祈願の年寄りを巻き込むより、ひそかに消すやりかたもあるだろうに」

　壁にもたれてうなだれていた玄太夫が首を上げた。

「乾どの、おぬし、大倉水埜介を見たであろう」

「え？　いえ、この方が大倉だとばかり」

「事態は動いておる。誰が動かした？　大倉は、必ずや、この近くに、居るはずじゃ。見たであろう」

弥蔵が言った。

「三十年も経てば人は変わりますよ。体つきも、人相も。いま遭ったたって、岩垣どのにもわからないのではねえですかい」

玄太夫は厳然と首を横に振った。

「身の丈五尺三寸、瘦せて、手足が長く、面長で、額狭く、眉細く、目も細く、鼻筋が通り、唇は薄く、顎、長し。耳は福耳。右の手首に、赤あざがござった」

「ああっ、会いました」

勝之助は声を上げた。

「なるほど、そういう魂胆か。やつにとっては、一石二鳥というもの」

玄太夫に背中を向けた。

「さあ、おぶさってくだされ。かたきの所へおつれもうす」

九十郎に、

「かまわんな？」

と言った。

「おれが来たのは佐倉どのを守るためだ。おまえらの仇討ち騒ぎなど知ったことか」

勝之助は刀を鞘に戻した玄太夫を背負い、九十郎と弥蔵を押し分けて路地へ出た。

黒い雲が空を覆い、路地は暗くなっている。

棟割り長屋の隣の戸が勢いよく開いた。

「聞いていましたよ。わざわざ屋敷まで行く手間は要《い》りませんから」

現れたのは安富彦左衛門だった。勝之助は言った。

「岩垣どの、あの耳ですね、福耳」

耳たぶの大きな、安富の厚い耳を見据えた。

背中で玄太夫が飛び上がった。

「おお、大倉水埜介、ここで会ったが、三十年目。いざ、尋常に、立ち会え」

安富彦左衛門と改名して豪商になった大倉水埜介は、細い目に冷たい光をたたえている。玄太夫の父を、兄を、殺したときと変わらない目なのだろう。

「立ち会うのはかまわんが、あんたも返り討ちだよ」

九十郎が路地に出てきた。

「安富屋、そういうのは後にしな。奉行所で、訊きたいことがある。あんたの屋敷まで出向く手間が省けたぜ、そっちから出向いてきてくれて」

「私はまだここに着いてはおりませんよ」

大倉水埜介は嘲笑《あざわら》った。

「着いているじゃないか。どういう意味だ」

「まだですよ。しばらく後で、私がここに着いてみると、佐倉こと大倉水埜介が、岩垣玄太夫と相討ちになって果てている。助太刀の乾どのも共に討たれ、その傍らには、奉行所の同心と町の悪党が争って相果てていた、という筋書きでね。まさに死屍累々《ししるいるい》だ」

周りの長屋の戸が一斉に開き、与太者ふうの男たちが路地にあふれ出た。手に光る物を握っている。短刀、長脇差《ながどす》、鳶口《とびぐち》。得物《えもの》はさまざまだった。

弥蔵は男たちを見わたした。

「九の字、さっきの岡っ引きはどこだ」

「おまえの手下を捕まえて、しょっぴいて行っちまった」

怒声が響き、男たちが襲いかかってきた。玄太夫が耳もとで言った。

「ひるんではならん。突っ込め」

九十郎は飛び込んできた男の首筋を朱房の十手で打って倒し、長脇差を取り上げた。弥蔵が、勝之助の前に立って、刃で刃を防いだ。勝之助は玄太夫を背負ったまま、襲ってくる男たちを蹴とばした。次々に、玄太夫を捕まえようと殺到してくる。その膝や股《また》を蹴って防いだ。

「大倉が逃げる。追うのじゃ」

玄太夫が勝之助の首に巻いた腕に力を入れた。

「げっ、息が」

「早《は》よう行け」

九十郎と弥蔵が男たちを斬り伏せて道を開いた。

「勝の字、行きな」

勝之助は玄太夫を背負いなおして駆けだした。

十

すぐ近くで、どおん、と雷鳴がとどろいた。

長屋の内で女が悲鳴をあげている。

路地の上の細長い空に真っ黒な雲が垂れこめている。

白いものが降ってきた。ぼたん雪だ。勝之助の顔に落ちて、冷たい水になる。

地面が白くなり、解けて黒く濡れる。

勝之助は走りながら片手のひらで顔を拭った。

路地の先を大倉水埜介が逃げていく。

「逃がすな、急げ」

草履が滑る。軒に寄って息をついだ。

「大倉が逃げてしまうぞ、行け、行くのじゃ」

ぺしっと頭を叩かれた。

「さっさと走れ。前へ出るのじゃ」

ずり落ちそうな玄太夫を背負いなおし、ぼたん雪の降るなかへ駆けだした。

仙台堀端に出た。

大倉水埜介は、堀端の道から、木橋を渡って、材木置き場のほうへ逃げ込もうとしている。

「待て、待たぬか」

玄太夫が耳もとで叫ぶ声が雷鳴にかき消される。

橋の上で追いついた。

「大倉水埜介、いざ、尋常に勝負いたせ、いざ」

橋の真ん中で、大倉水埜介はこちらに向きなおり、仁王立ちになった。着物が濡れて体に貼りついている。顔にぼたん雪が落ちて、汗と水が湯気になって上がる。

「助太刀つかまつる」

「下ろしてくだされ」

玄太夫が厳しく言った。勝之助が膝をつくと、玄太夫は独りで立った。大倉を見据えると刀を抜いた。

「いざ勝負じゃ」

大倉は濡れた着物の懐《ふところ》へ右手を入れた。

「返り討ちに遭うぞと言うておるのに。いつまでもいつまでも追いまわして来よって。夢のなかにまで出てきよる。疲れ果てたわ。仇討ちなぞ、それほどに大事か」

何十年も溜めた苛立《いらだ》ちを吐き出すように言い放ち、

「乾どの、私を討ったら、仕官の話はなくなりますよ。これでも私は、藩のために、かなりの財を儲けている。殿にも重臣がたにも重宝されておる。助太刀は止して、立ち会い人ぐらいにしておきなされ」

話しかけながら玄太夫に近づくと、いきなり、

「だあっ」

懐から、抜き身の短刀を握った右手をまっすぐに突き出した。槍の名手と言われただけあって、瞬息の技だった。雪のなかに刃が閃《ひらめ》き走った。

勝之助の、銘長曽祢虎徹二十五寸打刀が光った。

短刀を握った手首の腱を断った。

「ううっ」

短刀が橋の木板に落ちた。だらんと垂れた手首には赤あざがあった。

「覚悟」

玄太夫は、刀を振りかぶり、よたよたとぶつかっていく。

大倉は手首の垂れた腕で玄太夫の背中を抱きかかえ、もう片方の手で、喉をつかんだ。玄太夫は、喉を締められて、白目を剝《む》いた。口をぱくぱくと開け、げっ、げっ、と痙攣《けいれん》する。顔に雪が降り、口のなかにも入っていく。

「くっ。ええいっ」

大倉は締める指に力を籠めた。

玄太夫は、大倉の背にまわした両手で、刀を逆手に持ちかえ、背中に、ずぶりと突き立てた。

「わあっ」

大倉は悲鳴をあげ、濡れた木板に足を滑らせた。

背中から倒れた。刀身が体を貫き、一緒に倒れた玄太夫の背中から突き出た。

二人は抱きあったまま、ぶるぶると震え、がっくりと力が抜けて、動かなくなった。

血が木板に流れ、降る雪に薄められ、流れ消えていく。

立ち尽くす勝之助の背後に九十郎と弥蔵が追いついた。

「本願成就か。見届けたぜ」

九十郎は手を合わせた。勝之助は弥蔵を振り返った。どこへ向けてよいのかわからない憤《いきどお》りの表情に、付いた雪が解けて伝う。

「高輪のおやじに言っておいてくれ。これで文句はあるまい」

玄太夫のまぶたを閉じた。

「……高輪のおやじは、ずいぶんと親身になって、岩垣どのの世話をしたものだ」

弥蔵は言った。

「兄弟さ。高輪のおやじは、仇討ちの旅の途中で、闇に落ちた。兄の岩垣どのは、それを許さずに、観音宿に引き取られても、弟は死んだものとしていたがな」

「高輪のおやじは仙台の出じゃなかったか？」

「仙台で裏の稼業に入った。そこで別の者に生まれ変わったのさ」

勝之助は抱きあった死体を分け、欄干《らんかん》の際《きわ》に移した。大倉の死に顔は自分の運命に虚《むな》しさを覚えているように見える。大倉の声が耳底によみがえった。

疲れ果てたわ。仇討ちなぞ、それほどに大事か。

九十郎が死体の持ち物を調べた。

「九十郎、風邪は？」

「今朝にはおおかた治っていたが、おまえのこの荒療治のおかげで吹っ飛んだ。くしゃみも出んよ」

九十郎はゆっくりと立って、

「仇討ち成就の認可はおれがしておく。弥蔵、岩垣どのの後始末はおまえがするな？」

「引き取るぜ」

「大倉水埜介のほうは、おれから磐城平藩にも知らせよう」

あっ、と思い至った目で勝之助を見た。

「おまえ、磐城平藩に関わる者を殺っちまって、まずかったんじゃないか？　仕官の話が？」

「うむ。まあ、なんだな。仕官する前から、大倉みたいな輩《やから》に、首根っこを押さえられるというのも、好かん話だ」

九十郎は、弥蔵と顔を見合わせ、二人で、ぷはっ、と噴きだした。

「おまえ、自分でもわかっておったな。自分が仕官するなんて」

「そうではない。もう言うな」

「何にせよ、棒に振っちまったか。まあ、がっかりするな」

勝之助が溜め息をついて肩を落とすと、九十郎は、

「岸和田藩に近づく手立ては、また考えればいいさ」

まじめな視線を弥蔵と交わした。二人ともももちろん、勝之助の仕官の目的をわかっていたのだ。

九十郎は橋のたもとに岡っ引きを見つけ、

「おおい、こっちだ」

と手を振った。

十一

勝之助は、その後の数日、愛宕山下、西久保の義兄宅に居た。

その間、磐城平藩に仕官の世話を頼んだ人を通して、安富彦左衛門が討たれたことについて藩内の受け止めかたはどうなのだか、探ってもらった。結果、仇討ちに関わった乾勝之助の評判は芳《かんば》しからず、と教えられ、正式に仕官を辞退した。

「品川へ戻るの？」

世話になった挨拶をすると、姉の圭はそうたずねた。弟の行く末を心配しているふうでもなく、落ち着いて座している。勝之助の本当の目的を察していたので、岸和田藩に近づいて探る道がふさがれたことは残念だと思っているが、仕官できなかったことを憂いてはいないのだった。

「はい。とりあえずは、また善五郎の所へ転がり込もうかと。あの部屋、空いてるかな……看板も、薪にされてなければいいが……」

「その後はどうするの？」

「……そうですね、また次の手を考えます」

義兄宅を辞し、勝之助は通りに出て、空を見上げた。

晴れわたった冬の終わりの空だった。

「よしっ」

とつぶやき、東海道品川宿へと歩きはじめた。

第四章　赤坂見附《あかさかみつけ》の決闘

一

早朝まだ暗いうちに草津の宿場町を発《た》った。

近道を採れば伏見《ふしみ》までは六里（約二十四キロメートル）。なんとか今日中に大坂へ入れそうだ。明日には岸和田へ帰りつくことができる。

あとひと息で、殿に……。

その侍は五十年輩、穏やかで律儀《りちぎ》な人柄に見える。表情をひきしめて東海道を歩きだした。

暁《あかつき》の空に星が瞬《またた》いている。その光が弱くなり、闇の空がうっすらと藍《あい》色を帯《お》びはじめる。街道の松並木が影となって浮かび上がった。足もとが、ほの白くなってきた。歩調を速めた。

行く手に人影が現れた。

侍は、ぎょっと足を止めた。

人影は、体格のよい武士で、道の真ん中に立ちふさがっている。こちらを認めているはずなのに動かない。待ち伏せていたのはあきらかだった。

「江戸から追ってきたか」

侍はこうなるとわかっていたのか、ためらわずに刀を抜き、右にかまえ、人影に向かって走り込んだ。人影は微動だにせず立っている。

「でえいっ」

振り下ろした刀が空《くう》を切った。

「む？」

消えている。

かまえなおそうとした侍の視界の上に、黒いものが落ちてくる。

人影は高く跳び上がっていたのだ。

落下しながら体重を乗せて振り下ろした刀が、侍の頭をふたつに割《さ》いた。衝撃で侍は一丈（約三メートル）ほども後ろに飛んで、大の字に倒れた。

人影は、近づくと、打飼袋《うちかいぶくろ》の紐《ひも》を切って袋の中身をあらため、着物の懐《ふところ》を探った。探すものは見つからなかったのか、舌打ちし、死体をひきずって、道端の草むらに転がした。

「誰かに預けたのか」

独り言をつぶやいた。

東の空に曙光《しょこう》が射《さ》しはじめる。宿場のほうから人の話す声が近づいてくる。

人影は京の方角へ足早に離れていった。

二

荻野将監、譜代《ふだい》の重臣だな、と佐野九十郎は言った。

「奉行所には手が出せん相手だ。大目付《おおめつけ》でもないと厳しいお調べはできまい。せめて証人となる志摩源次郎が生きておればな」

勝之助は八丁堀の佐野宅を訪ねていた。佐野九十郎は、勝之助の幼なじみで、定町廻り同心《じょうまちまわりどうしん》である。

陽射《ひざ》しが春めいてきたこの頃だが、今日は、ぶ厚い冬雲が空を覆っている。玄関脇の六畳間は冷え込みが強くなってきた。

九十郎は首をかしげた。

「だがおかしいな。そんなお偉い人物が何の用で品川の釣り小屋へ行ったというんだ？　しかも夜に」

「志摩が嘘《うそ》をついたとは思えん。実際、おれもあの夜、林に人の影を見た」

三年前、勝之助の父、太兵衛が殺された。ある藩士の藩金横領に加担していたことがわかり、死後ではあったが、役儀召放《めしはな》ち、闕所《けっしょ》のご処分となった。

勝之助はそれ以来、品川宿の旅籠に居候し、浪人生活をかこっている。

ところが、昨年の秋になって新しい事実が出た。

三年前、現場にいて勝之助と剣を交《まじ》えた志摩源次郎が、父を刺殺した下手人《げしゅにん》は岸和田藩の用人、荻野将監だと勝之助に告げたのだった。

勝之助はつぶやいた。

「しかし確かに、荻野はなぜ釣り小屋なんかへ？　父上とは面識などなかったのではないかな」

「まあ、何にせよ、事情を知る志摩が死んじまったんじゃあな。おまえ、なんで仇討《あだう》ちの助太刀《すけだち》なんかしたんだ。人が好《よ》いにもほどがある。大事な生き証人を斬《き》るとは」

九十郎は呆《あき》れ顔で言い、立ち上がると、板窓を開けた。

「寒いと思ったら雪が降ってる」

「ほお。ふきのとうが芽ぶいていたが」

連子窓のあいだの暗い空から白いものがしきりに落ちてくる。

九十郎は外を眺めながら、

「粉雪だ。これじゃあ足もとが悪くなって、たいへんだな」

とつぶやき、

「荻野のことをおれに言うために、わざわざ品川から来たのか？」

「いや、寒さしのぎだ。松井宗十《まついそうじゆう》を見張っておる最中でな」

「松井？　誰だ？　見張ってるって、どこに？」

窓の外をきょろきょろ見まわし、勝之助に目を据えた。

「おまえ、何をやっておる？」

「松井宗十は、岸和田藩の勘定方だ。藩の金を横領したと言われている結城友左衛門の上司だった。結城は死んだが松井なら何か知っているだろう、探ってみようと思ってな。おれは藩の上屋敷を見張って、松井を乗せた駕籠《かご》が出ると、あとを尾《つ》けた。駕籠は木挽橋《こびきばし》の西にある家に入った。この近所だ。今日は肌寒いのでな、松井が出てくるまでの寒さしのぎに、ここへ来たというわけだ」

「そんなに近所でもないが。ここで油を売ってるあいだに、その松井ってやつが用事を済ませて出ていくかもしれんぞ」

「大丈夫。しばらくは居るさ。入ったのは、俳諧《はいかい》の宗匠《そうしょう》の家だ」

「俳諧の。ああ、木挽町の。松井は句をひねってるのか」

勝之助は窓越しに降る雪を見つめていたが、

「そろそろ戻ってみるか。邪魔したな」

と立った。

傘を借りて外へ出た。降る雪は地面をうっすらと白く刷《は》いていく。八丁堀の町並みは初春の兆《きざ》しを失《な》くして冬景色に戻っていた。

三

俳諧の宗匠宅は木挽橋の西詰めにある。

勝之助が三原橋《みはらばし》のほうから歩いていくと、見覚えのある駕籠にお供の侍がついて、ちょうど通りへ出てくるところだった。

駕籠は木挽橋を渡らずに汐留橋《しおどめばし》のほうへ、雪景色のなかを遠ざかっていく。

「うむ？」

勝之助の目が険しくなった。

一人の武士が、軒下に立って駕籠を見ていた。

洗いざらしの袴《はかま》に、大小を差している。痩《や》せていて、どこか垢抜《あか》けない感じのする二十歳前後の若者だった。江戸へ流れてきた浪人者とも見えた。軒下を離れ、歩きだす。松井宗十の乗った駕籠を尾けていく。

勝之助は離れてそのあとにつづいた。

駕籠は汐留橋を渡り、芝口河岸《しばぐちがし》を虎ノ門《とらのもん》のほうへと進む。駕籠の屋根やお供の侍の肩にも、白いものが乗って、雪景色のなかに寒々と映った。

若い武士は八間余り（約十五メートル）の距離を保って、軒下伝い、塀伝いに、隠れるように尾けていく。

その若者を、さらに別の武士が尾けているのに気づいたのは、虎ノ門の前を通り葵坂《あおいざか》を上がりはじめたところでだった。

体格のよい武士で、角笠《つのがさ》を被り、野袴《のばかま》に、大小、脚絆《きゃはん》。往来を堂々と歩いているので、たまたま同じ方角へ向かっているだけだと見落としていた。若者の三間余り（約六メートル）後を素知らぬ体《てい》でついていく。

葵坂を上り、溜池の池尻から流れ落ちる滝の音を聞きながら、左手に大名屋敷の土塀がつづく道を進む。

人の往来が途切れた。

「あっ」

勝之助は傘をさす手を下ろした。

塀際を歩いていた若者が駕籠に向かって走りだしていた。

四

若者は駕籠の前へ回り込もうと走っていく。

尾けていた角笠の武士が、待ちかまえていたように駆けだした。みるみる若者の背後に迫る。

「お待ちくださいっ」

若者の声にお供の侍が振り返る。

追いついた武士が無言で白刃を抜き放った。若者を後ろから袈裟《けさ》懸《が》けに斬ろうと振りかぶる。

勝之助は走り込んだ勢いで肩から武士にぶつかった。

「うっ」

武士は、よろけ、横へ飛んだ。

若者は振り向いて、

「あっ」

と怯《おび》えの色を浮かべ、逃げだした。

武士は、跳躍した。

「ううっ」

若者は右の肩口を斬られてよろめいた。武士はすくいあげるように二の太刀を繰り出した。勝之助の畳んだ傘が横から刀身を叩き、逸《そ》らせた。

お供の侍が、

「何奴っ」

と柄《つか》に手を掛けた。

武士は、勝之助を睨《にら》み、八相《はっそう》にかまえた。

「邪魔だてするか、何者だ」

鬼のように、いかつい面《つら》がまえだった。

勝之助は傘の先をまっすぐその顔に向けた。

「刀をひけ。天下の往来だぞ」

後ろにかばった若者を片手で押して退《ど》かせる。若者は、斬られた右肩を手で押さえて、ふらふらと後ずさった。

屈強な武士は、じりっと迫ってくる。凄《すさ》まじい殺気をはらんでいる。かまえには隙《すき》がなく、ためらいもない。相当の手練《てだ》れだと察せられる。こちらへ踏み出そうとするのを、勝之助は、傘をばっとひろげ、投げつけて、機を外した。

「逃げるんだ」

きびすを返して駆けだそうとする。

開いた傘が、空中で斬られ、二つの半円になって落ちた。

武士はこちらを見据え足を踏み出した。

「大伴《おおとも》どの、おやめなされ」

男の声が響いた。

武士は駕籠を振り返った。

引き戸が開き、半白髪の侍がのぞいた。骨ばった顔が厳しくひきしまっている。初老のその男は空を仰《あお》いだ。

「春の雪ですぞ。町なかで刀を振りまわすとは。風流のわからぬご仁《じん》じゃ。さ、刀を納めなされ」

穏やかだが威厳のある口振りだった。大伴と呼ばれた武士は、勝之助を睨みつけたまま、刀を鞘《さや》に納めた。

「松井さま」

若者が叫んだ。

「お待ちくだされ」

引き戸が閉まった。駕籠はふたたび進みはじめた。

「行くぞ」

と勝之助は若者をうながしてその場を離れた。

勝之助は、駕籠が行くのとは逆の方角へ、足早に遠ざかった。

若者は右の肩口を押さえ、蒼白な顔でついてくる。着物は肩から背中へかけてざっくりと切れ、血で濡れていく。下り坂を覆った雪に血の跡が点々とつづいた。

勝之助は足を止め、懐《ふところ》の手拭《てぬぐ》いを広げて傷口の上から縛った。深手を負っている。

「さ、急ごう。やつは追ってくるぞ」

「あなたは？」

若者は朦朧《もうろう》としていまにも倒れそうだ。

「乾勝之助と申す。話は後だ。さあ」

「どこへ？」

「うむ……そうだな」

愛宕山の社が白くなっているのに目を留め、

「そうだ、良いところがある。そんなに遠くない。とにかくそこへ」

と励ました。

五

愛宕山下、西久保の組屋敷のなかの一軒である。御家人の屋敷としては、六十坪ほどで、さほど広くはない。

板塀に、冠木門《かぶきもん》。

勝之助は、辺りに人影がないのを確かめ、門戸をそっと開けて若者を導き入れた。

玄関の土間に入ると、

「どなたか、いますか」

奥へ声を掛けた。

武家の婦人が出てきた。三十歳前。紺の木綿の袷に、海老茶《えびちゃ》色の帯。こうがい髷《まげ》をきちんと結い、もの堅く毅然とした雰囲気がある。

「勝之助、どうしたの？」

「姉上、かくまっていただけますか」

姉の圭は若い武士を見た。

「こちらの方は？」

「えっと、お名前は？」

「結城、数馬《かずま》と申します」

「え？」

勝之助は若者の顔を見つめた。

義兄の田宮佐門が出てきた。小太りで、色白な丸顔に、

「やあ」

温厚な笑みを浮かべたが、数馬がふらりと揺れ、圭が、

「あ、お怪我《けが》を」

と声をあげると、

「お、これはいかん。早くお上がりなさい」

とうながした。

佐門は、勘定所に勤める支配勘定で、陽明学《ようめいがく》の町学者でもある。廊下に顔を出した弟子らしき若者に、

「順庵《じゅんあん》先生を呼んできておくれ。こっそりとな」

と言い、勝之助と数馬を奥へいざなった。

数馬は廊下をふらふらと進み、

「かたじけない」

熱にうかされているように焦点の定まらない視線をさ迷わせた。

「まさか、大伴が見張っていたとは、不覚でござる。大伴は」

「話は後でうかがいましょう。まずは、傷の手当てを」

勝之助が体を支えようとして肘《ひじ》をつかむと、数馬は、くたくたとくずおれて、気を失った。

「圭、布団を」

「はい」

奥の六畳間に運んだ。横たえた数馬は、血の気をなくし、冷や汗をかいている。勝之助が、

「結城どの」

と呼んでも、意識は戻らず、浅い寝息を立てている。

佐門は手拭いを持ってきて傷口と布団のあいだに挟み、血を止めようとした。

「喧嘩《けんか》かい？」

「いえ、いきなり背後から襲われたのです」

「この近所で？」

「葵坂通りで。私は、岸和田藩勘定方の駕籠を見張っていたのですが、この方が駕籠を停めようとして、斬られたのです」

「岸和田藩……この人は、結城っていうのか。だったら、かくまわなくちゃな」

勝之助はうなずいた。

「岸和田藩の結城。友左衛門の縁者に違いない。このご仁は、回天《かいてん》の力をもたらしてくれるかもしれん。となると、勝さん、いよいよだな」

佐門は聡明な瞳を向けてくる。

藩の公金を横領したうえ、加担した勝之助の父を仲間割れから刺殺し、逐電《ちくでん》して東海道を西上する途中、草津で追い剝ぎに斬殺された。そう言われている結城友左衛門に関わりのある人物だとすると。

この若者が、藩の勘定方松井宗十の駕籠を停めようとして、大伴という男に襲われたのは、三年前の事件とつながっているに違いない。

佐門もそうと察してるのだ。

勝之助のまぶたに、父の死に顔が浮かぶ。目を見開き、無念の形相《ぎょうそう》のまま息絶えていた。背後から不意をつかれて刺されたのだった。この若者の父も、同じ頃、草津で同じような目に遭《あ》ったのかもしれない。

「ごめん」

玄関で医師の声がした。

六

結城数馬は高熱を発して二日間昏々《こんこん》と眠りつづけた。

雪が降ったのは数馬が斬られた日だけで、季節を前へ進めるやわらかな陽射しが戻ってきた。

勝之助は、三辺坂上《さんべざかうえ》、山王日枝神社の隣にある岸和田藩上屋敷へ様子を探りに行った。

三辺坂を挟んで居並ぶ大名屋敷は、白壁が陽光を弾《はじ》いてまぶしく、道行く者を威圧していた。岸和田藩六万石の厳《いか》めしい門は閉ざされていて、勘定方の松井宗十が出入りする様子も、大伴と呼ばれた屈強の武士の姿も見掛けなかった。

田宮佐門宅に戻ると、圭が、

「目を覚ましていますよ」

と教えた。

結城数馬は意識を取り戻して天井を見つめていた。頬はこけ、目の下に隈《くま》ができている。勝之助が枕もとに座ると、

「ああ」

と弱々しく笑った。朴訥《ぼくとつ》な感じのする青年だった。

「縁もゆかりもない拙者を、助けてくださって、ありがとうございます」

上方《かみがた》の訛《なま》りがある。

「結城どのは岸和田藩に関わりのある方ですか。それなら、拙者とは、縁もゆかりもあるかもしれません」

笑いが消え、警戒する目になった。

「ここは？　田宮という方のお宅だそうですが。田宮どのとはどのようなお方ですか？　あなたは、乾どの、でしたね。なぜ拙者を助けたのです？」

それだけ言うと、息を切らせて、疲れたふうに目を半ば閉じた。

「まだ回復しておらぬようだな。話は、追い追い」

「いえ、拙者は、あなたがたに恩義を受けてよいものなのか……ことと次第によっては、ここを出て……」

「その体では無理だ。ご家族やお仲間がいるのなら、お知らせしますが？」

「独りでござる」

数馬は、かたくなな顔で口を結んだ。

「結城どのはご存知ないかもしれんが。拙者の父は、乾太兵衛と申す」

「……乾太兵衛……」

思い当たったのか目を見開いて体を起こそうとした。

「落ち着かれよ。父はあなたのお父上に殺されたと言われている。しかしどうやら、真の下手人《げしゆにん》は、別にいるらしい。拙者は真相を探っているのです」

「……真の下手人？」

「岸和田藩用人の荻野将監。あるいは、その供回り、志摩源次郎だったのかもしれぬ。拙者は、手掛かりを求めて、勘定方の松井宗十を見張っておりました。ここは、拙者の義兄、田宮佐門と、姉の圭の自宅」

数馬は天井に向けていた視線を勝之助に移した。

「荻野の仲間ではないのですね」

「安心してお休みくだされ。まずは傷の回復に専念なさい。困りごとがお有りなら、助太刀いたします」

「かたじけない……されど、事はわが藩の、内々の大事に関することゆえ」

説明も助太刀も拒むように口を結び、視線を天井に戻す。その目が弱々しく閉じられ、すぐに寝息になる。

勝之助は立って台所に移った。

圭が流しで蓬《よもぎ》を切っている。

勝之助の思案顔が、ぱっと明るくなった。

「やあ、夕餉《ゆうげ》は蓬汁ですか。春だなあ。私の好物を」

圭は冷たい目を向けた。

「結城どののためです。勝之助は、いつまでうちに居候をつづける気なの？」

「え？　まだ三日しか……結城どのは狙われているかもしれません。敵がここへ来ても私が用心棒を引き受けていますから、ご安心を」

「つながったのですか？」

「何が？」

「結城どのが襲われた事情と、父上のことと」

「それはまだわかりません。はたして敵なのか味方なのか」

「敵？　結城どのが？」

「いや、あ、お手伝いします。蓬を切りましょう」

「要《い》りません」

薪《まき》を割る音がする。

「では、薪割りを」

下駄《げた》をつっかけて勝手口から裏庭へ出た。

物置小屋の横で、白髪頭の男が薪を割っている。父の代からの中間《ちゅうげん》で、田宮佐門が引き取った老人だった。

「嘉右衛門《かえもん》、任せてくれ」

「勝之助さまが？　これには年季がいりますよ」

「日頃から品川で鍛えておる。善五郎流薪割り剣法。師範が厳しいので、極《きわ》めたよ」

「どれ、拝見しましょう」

渡された斧《おの》で、立てた薪を気持ちよく真っ二つに割っていった。

「おお、ご精進なさっていますなあ。善五郎さまとやらは、たいしたご師範でいらっしゃる」

「日陰は冷えるから、嘉右衛門は中に入っておれ」

「はい。内の仕事をしてまいります」

勝之助はどんどん薪を割った。体の芯が温まり、全身がしなやかになっていく。全部割ってしまうと、積み上がった束を見てうなずいた。

「うむ、善五郎流開眼。この技さえあれば、どこへ行っても居候ができるぞ」

七

結城数馬に蓬汁を食べさせた。数馬は、布団の上に座り、膝に置いた右手に椀《わん》を乗せ、左手に持った大ぶりの匙《さじ》でおぼつかなさそうに口に運んだ。

勝之助が見守っていると、帰宅した田宮佐門が入ってきた。

「よかったな、ものが食えるようになって」

勝之助の横に、どかっと座り、

「何かわかったかい？　勝さん」

と訊《き》いた。

数馬がまた警戒の色を浮かべた。佐門は言った。

「勝さん、実はな、これまで、おれはおれで調べてきたんだ。以前は、知り合いの目付に尋ねても、皆、口が堅くて。何も聞き出せなかったが。この頃は、お調べの中身をぽつぽつと洩《も》らしてくれたりもするのさ」

「義兄上《あにうえ》は、何か新しいことをお聞きになっているんですね？」

「義父上《ちちうえ》が横領に加担するなど有り得ないと、勘定所の同僚は内心思っている。

奉行所や目付の連中も、この件では上のほうで何かの力が働いたようだと苦々しく思っているらしくて」

行燈《あんどん》の灯に佐門の白い顔が浮かんでいる。勝之助は訊いた。

「父上が藩の公金横領に加担したとする証《あかし》は、けっきょく出なかったのでしょう？　岸和田藩からの申し出だけで」

「そうだ。勘定組頭だった天木さまが言うには、上屋敷の用人、荻野将監が、藩内で調べたといって、そう申し出たのだそうだ。そもそも当時、義父上の務めは、藩の橋普請《ふしん》に要した金の流れを閲《けみ》することだった。藩が集めた運上金、業者への払い、材木屋のあがりなどを突き合わせ、詳しく閲して、幕府に隠れて金が動いておらぬか見張るのだ。荻野将監は、義父上がその際に目こぼしして異状なしと決裁し、見返りとして賄賂を得た、と言うのだ」

「そんなことが実際にできるのでしょうか」

「できないことはないが。藩の普請の勘定を監督するのだから、幕府側の監督に不正があったとしても、証は残らない」

「藩のほうから不正があったと申告されると、かえって身の潔白を立てる証がない、ということですね。特に、本人が亡くなっておれば」

佐門は、そうなんだ、とうなずき、

「藩の公金横領で本当に疑わしいのは、用人の荻野将監だ。荻野は、深川のお留守茶屋で大店の札差と日頃からよく会っている。お留守茶屋というのは、藩の用人や藩に出入りする商人が密談する所だよ。荻野の密談は、藩のお役目でやっているというばかりではないみたいだ。その茶屋に、義父上が行ったそうだ」

「父上はそんなところで遊ぶことはありませんでしたが。暇があれば釣りに出掛けていた」

「勘定所の支配勘定が遊べるような場所じゃない。おそらく、荻野に関して聞き込みに入ったんだ」

「荻野は、自分の身辺《しんぺん》を調べている役人がいると知った。その口を封じるために、父上の釣り小屋を訪ねて……」

「初めは金の力で黙らせようとしたのかもしれん」

「だが父上はそんなお方ではなかった。それで、背後から……」

暗然とつぶやいた。

「ごちそうさまでした」

数馬が椀を返した。

「あ、おかわりは?」

「いえ、もう」

数馬は、何か言いたそうにして、ためらい、言葉を呑み込んでいるふうだった。佐門は、

「それでな、勝さん」

と話をつづけた。

「当時、藩の勘定方だった結城友左衛門どのが荻野の不正に気づいて、どう処置するか、義父上に相談していたらしいんだ」

「橋の普請《ふしん》の件ですね」

「東海道に架かる橋の修繕を、岸和田藩では藩内の商人に運上金を納めさせて費用を捻出していたが、用人の荻野が、運上金の一部を横領し、札差《ふださし》に流して暴利をむさぼっている、という噂《うわさ》があった。普請の業者のあいだに流れていたその噂を、結城どのが耳にして、確かめてみると、噂どおりだったらしい……」

「結城どのは、大目付の配下に報告しなかったのかな? なぜ勘定所の父上に相談を?」

「さあな。そこはわからない」

「父上と結城どのが死んで荻野が横領の件を申し出てきたとき、目付は荻野を厳しく取り調べなかったのでしょうか……」

「調べたが、荻野の側に、殺害にかかわった証も、藩金横領の証もなかった。荻野を疑っていた目付たちはそれが悔しかったから、いまになって、ぽつぽつと洩らしてくれるのさ」

「せめて荻野が横領した証があれば……」

勝之助は唇を噛《か》んだ。佐門も、ううんとうなって腕組みした。

「証はあります」

結城数馬が言った。

八

佐門は数馬を見た。

「証？　どんな？」

「当時の、裏の帳簿です、運上金の収支を記した。荻野将監が横領した額が明らかにされています」

「そんなものがあるのか。なるほど。それがあれば」
と佐門はうなずいた。さっきから数馬の前で義父の件をあからさまに話してい
たのは、警戒する数馬の心と口を開かせるためだったらしい。
勝之助はたずねた。
「結城どのは、どうしてそのことを？　あ、横になってください」
「失礼」
数馬はゆっくりと横になり、蒼《あお》ざめた顔を天井に向けた。
「拙者の父、友左衛門は、岸和田藩の勘定方でした。橋の普請のために、運上金
を集め、勘定を差配していました。ところが、江戸屋敷の用人、荻野将監から、
一切の差配は江戸の業者を使って江戸で賄《まかな》うとお達しがあり、父は江戸へ出向し
ました」
「では、あなたのお父上が、裏の帳簿を書き残したのですね」
「はい。父は、荻野の下で働いて、荻野が藩の公金や財物を横領していると知っ
たのです。そのすべてを裏の帳簿として書き残しました。橋の普請が終わり、父
は岸和田へ戻る途中、東海道の草津で追い剝ぎに襲われて、亡くなりました」
勝之助は佐門と目を見合わせた。

「父は亡くなる前に、その帳簿を、飛脚《ひきゃく》に託して、岸和田にいた拙者に届けたのです。江戸を出るときから身の危険を感じていたのでしょう」

「岸和田へ戻る途中で追い剝ぎに？」

勝之助がそうつぶやくと、数馬は首を横に振った。

「実際は、追い剝ぎではありません。父の死後、江戸で荻野の供回りを務めていた志摩源次郎という者が岸和田へ来ました。志摩は、しばらくして、ご城下で何者かに襲われ、それをきっかけに、脱藩し逐電しました。二つの襲撃の際に、ある同じ人物が見かけられています。大伴玄蕃《げんば》。岸和田藩の甲賀士《こうかざむらい》で、荻野の配下です」

大伴どの、と松井宗十の呼んだ声がよみがえる。相当の腕の剣客《けんかく》だった。

「音に聞く岸和田藩甲賀士五人衆の一人か。難敵だな」

佐門が、

「荻野将監は、譜代の重臣だ。これまで目付もうかつに手を出せなかったが、その帳簿をおおやけにすれば、結城どののお父上のご無念も晴れる。荻野が白状すれば、乾家の汚名もそそがれる」

勝之助は焦る気持ちで、

「結城どの、帳簿はどこですか？　こうしているあいだにも、荻野の手下があなたの住まいを家探ししているかもしれません。拙者が取ってきましょう」

「それが……」

数馬の目の色が弱くなった。

「奪われました」

「えっ、奪われた？　あの、大伴に？」

「いえ、松井宗十どのに」

「松井宗十……」

「松井どのは、江戸の上屋敷に詰めています。父は江戸にいるあいだ、世話になっておりました。父が殺され、裏の帳簿が拙者のもとへ届いた後、父の横領の罪で結城家は改易《かいえき》となってしまいました。しかしその後も、帳簿の所在を探っている者がいるらしく、拙者の身辺も不穏な気配になり、岸和田には居られなくなりました。拙者は、荻野の悪行を殿に直訴《じきそ》しようと決め、江戸に参ったのです。松井どのに相談したところ、折を見て殿に伝えようと約束し、帳簿をあずかってくれました。ところが、機会を得ないまま、殿は国もとへ戻ってしまわれた。次の参勤交代まで、拙者は江戸で待つことになったのでしたが、松井どのの態度が、どうもよそよそしい。居留守を使ったり、文に返信もなかったり」

「帳簿は？」

「帳簿は保管してある、殿が江戸へおいでになればすぐにでも見ていただく、と松井どのはおっしゃるのですが。帳簿をいったん返してほしいと言っても、言《げん》を左右にするばかりで。近頃は、面会することもかなわなくなって」

「それで、俳諧の宗匠の家から帰る道でつかまえようとしたのですね」

「往来で松井どのには申しわけなかったのですが、ああでもしなければ」

勝之助は眉根を寄せた。

「……駕籠は大伴玄蕃に見張られていた。となれば、帳簿は、すでに、荻野の手に渡ってしまったかもしれん」

「いや、それはわかりません。父の文では、何かあれば松井どのを頼れ、とありましたし、実際、拙者が相談したときには、松井どのは荻野に反感を持っている様子でしたし」

佐門が言った。

「藩内に派閥の争いがあるんじゃないか。松井宗十は、上手《うま》く立ちまわりながら、荻野から自分の身を守るために、その帳簿を握っているのかもしれんな」

話し終えた数馬は疲れきったように目を閉じ、

「父がどうしてこの件を乾どののお父上に相談したのか……拙者にもわかりませんが……」

声の調子が弱くなっていく。

「父が江戸に赴いて、近況を知らせる文が届きました。釣り好き同士で話の合うお侍と知り合って一緒に品川へ海釣りに出掛けた、と書いていました。乾どののお父上は、釣り仲間、江戸でできた友だったようです。だから……しかし相談したせいで、乾どののお父上が、荻野に……」

つらそうにつぶやき、そのまま寝息をたてはじめた。

勝之助は夜着を肩まで掛けてやった。

「で、勝さん、どうするつもりだい？」

勝之助は顔を上げた。

「松井宗十を突《っ》ついてみます。その帳簿を、結城どのの手もとに、取り返さなければ」

九

春霞《はるがすみ》に空が濁《にご》る午後。

岸和田藩六万石、上屋敷の表門。

「仕官の儀なれば小門へまわれ」

門番は、近づいた勝之助がまだひとことも発していないのに、居丈高《いたけだか》に告げた。

佐門の着物を借りてよそ行きの格好をしては来たが、袖と裾《すそ》は寸足らずで、どうやら仕官先を探す喰い詰め浪人に見えるに違いない。

勝之助は言い返さずに白壁に沿って、藩士が出入りする小門へ移った。小門といっても、小大名の屋敷の表門ほどもある立派な長屋門だった。片番所《かたばんしょ》の格子窓をのぞきこんだ。

「お頼み申す」

「何だ」

鋭い視線が向けられる。

「拙者、乾勝之助と申す。勘定方の、松井宗十どのにお目通り願いたい」

「何用だ。紹介状などは持参なされたか」

「書状はござらぬが。先日、俳諧の宗匠宅からの帰り道でお見掛けなされし者、といえばおわかりかと存ずる。それで通じなければ、志摩源次郎どのとの関わりで、とでも」

「なに、志摩」

声の調子が厳しさを増し、

「そこで待たれよ」

と立っていった。

しばらくすると、門が開いた。

「腰の物をお預かり申す」

大小を預けると、門脇の、足軽長屋の一軒に案内され、板の間で待たされた。襖《ふすま》を閉めきった隣室に、息を殺した人の気配がある。刀の柄に手をかけてかまえている藩士が、四、五人か。勝之助は素知らぬ顔で座布団に端座《たんざ》した。

表戸を開けて半白髪、骨ばった顔の小柄な侍が入ってきた。駕籠から大伴を止めた初老の男だった。上座に置かれていた座布団に座り、

「松井でござる」

じいっと勝之助を値踏みしている。腫《は》れぼったいまぶたで、冷徹なまなざしだった。

「拙者をお覚えですか。葵坂の上で、結城どのが大伴どのに斬られそうになった折に」

うなずいた。

「ご用の向きは？」

「内密の用件で。お人払いをなされるほうがよろしいかと」

勝之助は襖に視線を向けた。松井宗十は、じろりと勝之助を睨んだが、

「もうよい。下がっておれ」

と襖越しに声を掛けた。隣室で、木戸の開く音がして、人の気配が消えていった。隠し戸で隣の一軒とつながっている。そうした造りの空き屋へ勝之助を入れたのだ。

宗十は冷淡なまなざしのまま、

「乾太兵衛。結城友左衛門。志摩源次郎。結城数馬。糸はみごとにつながっておるな。貴殿は乾どののご子息か」

「さようでござる」

「で？　強請《ゆす》りにでも来られたか？」

「松井どのを強請るいわれはござらぬ。今日は、赤心《せきしん》を推《お》して、腹を割った話に参った」

「ふむ」

「帳簿を、結城どのにお返し願いたい」

宗十は黙っている。帳簿の存在を藩外の者に認めるのをためらっているようだった。

「結城どのは、荻野将監の不正を告発するために帳簿を松井どのに預けた。告発が為《な》されないのなら、結城どのは自分で殿に直訴するしかない。帳簿をお返しくだされ」

宗十は厳然と言った。

「乾どのは部外者でござる。わが藩の内政に関わるおつもりかな」

「結城どのは大伴に斬られて養生しておられる。拙者は代理の者でござる」

「数馬はどこに？」

「それは申せません。襲撃者より身を隠しておりますゆえ」

「わしを荻野の一味だとお考えなのだな?」

今度は勝之助が黙った。そうだともそうではないとも判断ができないのだった。

「代理の方とは話せない。数馬と直《じか》に話しましょう」

「この頃は会ってもらえない、と言っていましたよ。だからやむをえず、往来で呼び止めたのだ、と。拙者のことは信用なりませんか」

「乾太兵衛の子息だ。遺恨《いこん》も思惑《おもわく》もなく赤心を推して、と言われても。そもそも、貴殿も、わしの駕籠を尾けておったわけだからな」

やりこめるふうに言い、

「数馬にお伝えくだされ。案ぜずともよい。このままでは終わらせぬ。傷が癒《い》えたら訪ねてくるように、と」

話は済んだというふうに勝之助を見据えた。

「帳簿は無事なのですね?」

「むろんだ。大切にあずかっておる」

上屋敷を辞して、三辺坂を過ぎ、富士見坂《ふじみざか》から、赤坂見附《あかさかみつけ》の御門へ出た。

門を西へくぐり、大山道《おおやまみち》を下りはじめる。

道幅が五、六間（約十メートル）の、まっすぐな、ゆるやかな坂道で、道の左右は、石垣の下にお濠《ほり》が緑色の水をたたえている。

立派な身なりの侍や、荷箱を背負った御用の商人が往来している。

勝之助は坂の途中で足を止め、振り返った。

「なるほどな」

ついてきていたのは、角笠を被り、野袴に、大小をさした屈強な武士である。大伴玄蕃だった。

「上屋敷には、どなたかの目と耳が張りめぐらされているわけだ。突ついたのとは別の穴から別の魚が顔を出したな」

大伴玄蕃は、刀の鍔《つば》を左の手指で触れ、

「拙者を誘い出したのか」

と太い声で訊いた。

「笑止。勝手に出てきたくせに。出たついでに訊かせてもらうが、おぬし、あのときなぜ松井どのの駕籠を見張っていた？」

「それはこちらが訊くことだ。何が目当てで嗅《か》ぎまわっておる」

「先にお答えいただきたい」

「ふん。してまた今日は何のために上屋敷を訪れた?」

いかつい容貌に凄みが増して、じりっと足が出る。目の配り方、気の満ちた様子、滑らかな動き。やはり相当な剣客だ。

「来るか」

勝之助は声を大きくして柄に手を掛けた。

往き来する侍たちがこちらを見た。足を止め、指さしてささやきあう者もいる。勝之助は鯉口《こいぐち》をきった。

「果たし合うつもりなら、お互いに、名乗り合っておこうではないか。通りかかった方々が、見届け人になってくださる。さあ、いずれの藩のご家中か? 名乗らんのか?」

人だかりがしはじめた。大伴玄蕃は鍔から指を離した。

「目障《めざわ》りだ。この辺りをうろつくな」

「拙者を斬らんのか」

「手をひかねば、いずれはおぬしも斬る」

「一番の狙いは、結城数馬どのか」

大伴は、うつむいて角笠で顔を隠し、きびすを返して見附門をくぐっていった。

十

結城数馬は布団の上で正座している。右の肩に晒《さらし》を巻いたその姿はまだ痛々しいが、表情はしっかりしていた。

「それならば、拙者が松井どのに会いにいきます」

勝之助は、畳にあぐらをかき、顎《あご》を撫でている。

「結城どのを誘い込んで口をふさごうと謀《はか》っておるのかもしれん」

「帳簿を今もあずかっていると言ったのですね」

「言ったが、それも嘘かもしれんし」

「いったい、松井どのは、荻野の敵なのか味方なのか。乾どのは会ってみてどう思ったのですか？」

「わからなかった。あれは狸《たぬき》だな。古狸だ。荻野のほうが地位も力も優《まさ》っているのだから、やはり松井どのは、帳簿を、できる限り自分に有利に使おうとしているのかもしれん」

「ならば拙者はどうすれば……」

苛立《いらだ》って、疲れたふうに息を吐いた。

「ううむ」

勝之助は立って台所へ行った。

圭は魚を煮付けている。醬油《しょうゆ》の香りが勝之助の鼻をくすぐったが、浮かぬ顔で勝手口に下りた。

「どこへ行くの？」

「薪割りを。考えることがあるときは薪を割りながら……」

「たくさん割ってもらったわ。もう割る薪がありません」

圭は勝之助の顔をのぞきこんだ。

「松井という方を訪ねたのね？」

「姉上はどこまでご存知なのです？」

「佐門さんから聞いているわ。裏の帳簿のこと」

「私は、松井宗十を訪ねて、帳簿を結城どのに返すようにと迫ったのです」

「それで？」

「結城どのと直に話す、と」

「それだけ？」

「上屋敷を出ると、結城どのを襲った剣客が現れて、私に、手をひけ、と」

「そう……」

圭は考える顔になり、

「松井宗十は帳簿を守りきれないわよ。荻野も、数馬さんや勝之助が現れてからは、このままでは危ないと考えているはずよ。きっと、力づくで松井宗十を押さえて、帳簿を奪い取る」

厳しい顔で、

「数馬さんをよそへ隠したほうがいいわね」

「ここも知られてしまいましたか」

「きっと荻野の手下が勝之助を尾けてきているわ。数馬さんを、どこかにかくまってもらう。歩けるかしら」

「歩くのはもう大丈夫でしょう」

「おむすびを持たせましょう」

勝之助は、奥の六畳間へ戻ると、数馬に事情を話して、移る用意をさせた。数馬はそろそろとした動きで着替えた。自分で夜具をたたもうとして、うう、と顔をしかめ、右腕をそっと曲げてみた。途中で力が抜け、だらりと下がった。

中間《ちゅうげん》の嘉右衛門が顔をのぞかせた。

「あのぉ」

「嘉右衛門が案内してくれるのか」

「いえ、それが。いま外から戻ったのでございますが。門の前で、これをあずかりまして」

折り畳んだ文だった。結城数馬様、と表書きがある。

「若いやっこがこれを。どちらからかと訊くと、読んでいただければわかると言って、押し付けていきました」

数馬は文を開いて読み、勝之助に渡した。

〈ご案じの物をお返しつかまつりたく候《そうろう》。五つ半（午後九時）に、赤坂見附御門にてお渡しいたしたく、必ずご当人のお出《い》でを願いたく存じ候〉

「帳簿を返すというのか。なぜ返す気になったのかな」

勝之助が首をかしげて文を返すと、数馬はもう一度読み直した。

「署名がありません。本当に松井どのの文でしょうか」

「松井どのはほかの者に読まれるのを用心したのかもしれんな」

「上屋敷ではなくて、往来で？」

「五つ半なら、人気《ひとけ》の絶えておる場所だ」

そう言いながら、勝之助も慎重な表情になった。

「大伴の策略か……必ず本人が来い、などと。大伴にせよ、松井どのにせよ、これは謀りごとだ。行くのはお止しなさい」

数馬は文面を見つめていたが、

「これが大伴の文なら、荻野が焦っている証拠です」

と顔を上げた。瞳に強い色があらわれている。

「もしそうなら、荻野は、いつ松井どのを襲うか知れない。拙者も、いつまでも逃げ隠れしてはいられません」

「行って、もし大伴が待っていたら」

「大伴は父のかたきです。討ち取ってやります」

圭が風呂敷包みを持ってきた。

「これを。おむすびと主人のお弟子さんに宛《あ》てた文が入っています。嘉右衛門が案内します。裏口から」

数馬は、にっこり笑った。

「おむすびだけ、いただきます。なんだか無性《むしょう》に腹が減ってきた」

瞳は輝いているが、顔色は蒼白く、右腕はだらりと下がったままだった。

十一

月影は春霞ににじんでいた。

赤坂見附門へゆるやかにのぼる幅の広い坂道が白く浮き出している。風が吹きさらして砂埃《すなぼこり》が舞っている。道の両側は、風をさえぎるもののないお濠である。

数馬と並んで歩きながら、勝之助は周囲に目を配った。人の姿はほかにはなかった。

数馬は緊張した顔を、黒い影になった大きな門に向けている。

坂の真ん中まで進むと、門の陰から、男の影が進み出た。

屈強な輪郭《りんかく》は、月光に照らされて、大伴玄蕃になった。

「やはり嵌《は》められたな」

と勝之助はつぶやいた。

「父のかたきを討つまでです」

数馬と大伴玄蕃は間合いをあけて向きあった。

「ご案じの物とやらを、持って来られたか」

数馬の声はまだ腹に力が入らず、風に飛ばされるようだった。

大伴玄蕃は、懐に手を入れ、紙の束を掲げた。袖のたもとと紙束が風でばたばたと踊っている。

「取りに来られよ」

「帳簿か」

「手に取って確かめるがよい」

「松井どのは?」

「いま頃は寝ておるであろう」

鼻で笑った。

勝之助は、

「結城どの」

と制したが、数馬は、ゆっくりと歩を進めた。

「いただこう」

左手をのばした。

大伴は、掲げていた手を開いた。紙の束は、ばらばらになって風に飛んだ。

「あっ」

すべて白紙だった。

「おのれ大伴。草津で父を斬ったのはおまえか」

「そうだよ」

「父のかたき」

数馬は右手で柄をつかんだが、顔をしかめた。

大伴は抜刀した。白刃が吹く風に泣く。

数馬は、左手で刀を抜き、逆手斬りで斬り上げた。

その刀を大伴の剣が叩き落した。

「返り討ちだ、馬鹿め」

大伴は、かまえなおしてすばやく振り下ろした。

「助太刀つかまつる」

勝之助の、銘長曽祢虎徹二十五寸打刀が、弾き返した。

「うぬ」

大伴は飛びすさり、八相にかまえた。

勝之助は正眼《せいがん》にかまえ、数馬の前に出て、間合いを詰めていった。

大伴は数歩退いた。誘っているのか、隙を探っているのか。門を背にして、正眼にかまえなおした。

「大伴、すべてのことは、誰の指図《さしず》だ。結城どののお父上を襲い、志摩源次郎を斬ろうとしたのは」

勝之助はさらに間合いを詰めた。

「用人の荻野将監が命じたのだな。私の父を後ろから刺したのも荻野か」

大伴は、ふん、と嘲笑い、チラと勝之助の背後を見た。大伴の殺気は、勝之助の後ろの数馬に向かっている。

勝之助は突きを入れた。

「やあっ」

大伴は後退し、門柱に背を寄せる。勝之助が下段から斬り上げようとすると、礎石《そせき》を蹴り、跳躍した。

勝之助の頭上を黒い影が覆い、白刃が振り下ろされる。勝之助は横へ跳び、着地した大伴を袈裟懸けに斬り下ろした。大伴は、刃先を寸前でかわし、数馬に向かって走った。

「結城どのっ」

勝之助は並行して走った。

大伴が跳躍した。

「わっ」

数馬は尻もちをついた。袖が切れ、袂《たもと》が風に踊る。

勝之助は袈裟懸けに斬った。それを弾いて、大伴は飛びすさり、八相にかまえた。

対峙した。勝之助は正眼にかまえて、肩で息をする。大伴は微動だにしない。

勝之助は摺《す》り足で下がった。足もとで砂埃が舞い、大伴の顔に飛んだ。大伴が顔をしかめる。勝之助は、踏み込んで、跳躍した。

「えいっ」

大上段から斬り下ろした。

刀は空《くう》を斬った。大伴は消えていた。

「え？」

着地して振り返ると、影がのしかかるように迫ってきた。かろうじて一の太刀を弾き返し、後ずさる。二の太刀が閃き、右の脇腹に痛みが走る。かかとが、道端の石積みにぶつかった。

大伴の影が高く跳んだ。月光を放つ白刃が勝之助の頭上に振り下ろされる。仰《あお》向《む》いた勝之助は、石積みに足を取られ、後ろに倒れていく。右手に持った刀で大伴の刀を払い、左手で襟をつかんだ。

「結城どの逃げろ」

体が宙に浮く。大伴の襟《えり》を握りしめて一緒に虚空《こくう》を落ちていった。眼前の凶相に、右手の刀身を叩きつけた。

どおん、と全身が衝撃に包まれ、暗い、冷たい、静かななかへ、沈んでいく。

結城どの逃げろ、と叫ぶと、自分のくぐもった声が耳底に響き、鼻と口に水が満ちた。お濠へ落ちたのだとわかった。斬られた右脇腹が脈打つように痛みだす。

水底へ引き込まれるように沈んでいく。


「乾どの」

数馬は道端から暗いお濠をのぞきこんだ。

水面の波紋がおさまると、風の音がごうごうと数馬を包んだ。

石垣の下の水際に、動くものがある。

「乾どの？　乾どのっ」

人影が石垣に取りついて、数馬を見上げた。

額《ひたい》が割れ血だらけになった大伴玄蕃だった。大伴は、指をくわえ、ぴい、ぴいい、と指笛を繰り返した。見附門の向こうから足音が入り乱れて駆けてくる。

「乾どの……」

数馬は門に背を向けると、よろめく足どりで坂を下り、町の闇に消えていった。

第五章　品川宿本陣

一

皐月《さつき》の、晴れた昼下がり。

南町奉行所の定町廻《じょうまちまわ》り同心《どうしん》、佐野九十郎は、本芝釜屋横丁の裏路地にある間口一間半の店をのぞいた。小さな看板に「蔵回り　御つかい物」とだけ墨書《ぼくしょ》している。質流れ品を売買する業者である。

陽射《ひざ》しが初夏の気を孕《はら》んで八丁堀の自宅から歩いてくると汗ばむほどだった。

薄暗い土間にはじめじめした空気がよどんでいた。

「弥蔵、居るか」

木箱を積み上げた奥の暗がりから、目つきの鋭《するど》い男が現れた。

「九の字か」

弥蔵は、子供の頃からの遊び仲間だったが、いまは裏の世界で、火の玉の弥蔵と呼ばれ、若手の顔役になっている。

「あれから何か聞いたか？」

と九十郎はたずねた。

「いいや」

九十郎は横顔をうつむける。

「もう三月《みつき》になるなあ……いったい、どこへ……」

二人の幼なじみ、乾勝之助が姿を消したのは、春の初めの、風の強い夜だった。あれから、九十郎は、暇のある折に、友の行方を探して訪ね歩いていた。これまでに得たのは、当夜、赤坂見附御門で斬り合いがあり、侍がお濠《ほり》に落ちた、という風聞《ふうぶん》だけだった。

「お濠には、まだ浮かばねえのか」

と弥蔵が言った。

「あいつは生きてるよ」

「お濠の泥の底に沈んでるのかもしらんぜ」

「馬鹿な」

九十郎は怒った目を向ける。

「弥蔵、噂《うわさ》を聞いたぞ。盗人《ぬすっと》ご用達《ようたし》の観音宿《かんのんやど》で、去年、浪人者が暴れたそうだ。おまえたちの掟《おきて》では、消されてしまうふるまいだ」

「だから？」

「その件には仇討《あだう》ちがからんでいたという」

ふん、と弥蔵は鼻で笑った。

「あいかわらず地獄耳だな。その耳にも勝の字のゆくえは入ってこねえか」

九十郎は、じいっと弥蔵の顔をうかがう。

「おまえ、ひょっとして、勝之助を」

「何を言いやがる」

弥蔵が睨《にら》み返した。

「そうだよな。おまえが町人に身を落として、ぐれたときも、勝之助だけは味方になっておまえを守ってたんだから。刎頸《ふんけい》の交《まじ》わりってやつだ」

弥蔵は冷然と拒《こば》むように、

「月並みなことを言うな。いまは裏の世界にいるんだ。甘ちゃんの人情なんぞ、とうに捨てた」

「何だと？」

九十郎は弥蔵の仮面のような顔を見つめた。

「弥蔵、おまえも、つらいところだな」

「つらかねえよ。おれは、悪党だ」

九十郎は眉根《まゆね》を寄せた。

「そうかい。おれは同心だ」

背を向けて店を出た。

九十郎は、東海道に出ると、一里十町歩いて、品川宿まで足をのばした。

品川橋を渡り、南品川の旅籠《はたご》百舌鳥《もず》屋を訪ねた。勝之助の部屋は以前のままになっていた。万年床が畳まれ、きれいに掃除されているのは、かえって勝之助の不在を感じさせた。案内した宿の主人、善五郎は、

「もう、三月経ちますねえ」

と嘆《なげ》いた。

「去年の秋も、長いこと江戸に居られませんで。あのときは仙台へ行くとおっしゃって。今度はどこへ行かれたのか……行き先もおっしゃらずに忽然と」

案じ顔だった。

九十郎は部屋の隅に立て掛けてある三尺（約九十センチ）ほどの縦長の板看板

に目を留めた。

　仇討ち助太刀《すけだち》　尋《たず》ね人探索　手伝い仕《つかまつ》り候《そうろう》

「勝之助さまのご無事を祈って、いつもこの看板に手を合わせているんでございますよ」

　善五郎は合掌《がっしょう》して目を閉じた。

「止《や》めろよ。縁起でもない。ここの宿代もずいぶん溜まっているんだろう。あいつ、裏庭でよく薪割りをしていたからな」

「いえいえ、お姉上の圭さまが、お支払いくださいました。先のぶんまで。乾さまのお父さまには生前ずいぶんとお世話になりましたから、ご恩があります。この部屋は、いつまでも、こうして……宿代をいただける限りは」

「圭さんが先のぶんまで？」

　奇妙だな、という表情を浮かべた。

　旅籠を辞して、街道の左右を見わたし、あてもなく、南のほうへ歩きだした。

　東海道品川宿は人馬、荷車の往来でにぎやかだった。

今年も、参勤交代の大名行列が行き来する時季になった。外様《とざま》大名の春の出入りはあらかた済んで、親藩《しんぱん》、譜代《ふだい》の大行列が始まっている。この季節、勝之助は、品川橋のたもとで、例の看板を脇に置いて、川面に釣り糸を垂れていたものだった。橋を渡って江戸府内に入る旅人や行列を目の隅で見張りながら……。

九十郎は、旅籠屋が軒を連ねる街道を歩きながら、ふと思い出した。

冠城院享楽寺。旅籠屋街の裏手にある、遊女の死骸の投げ込み寺に、勝之助の父の墓があって、勝之助は和尚《おしょう》のところへ親しく出入りしていたが……。

道端に足を止め、振り返った。

旅籠屋と旅籠屋のあいだに、裏町の瓦屋根が重なっている。

振り仰《あお》ぐ視線が止まった。

民家より高くて大きな寺院の瓦屋根が、陽射しを浴びている。

屋根に、一人の若い武士が座って、東海道の南のほうを眺めていた。

九十郎は、手をかざし、目を細めた。

「おおっ？」

「勝之助か？　おおいっ」

路上の人々は驚いて九十郎を見た。

「おおぉい」

屋根の上の若者は、きょろきょろして、こちらに視線を向けた。

勝之助ではない。見知らぬ男だ。街道で大声をあげて呼ぶ九十郎に気づき、慌てて屋根を下りはじめる。

「何だ、おい、待てよ。逃げるなぁっ」

九十郎は駆けだした。

二

本堂の濡れ縁に、並んで腰掛けた。

結城数馬と名乗る若者は、三月前、風の強かった夜の、赤坂見附でのできごとを、訥々《とつとつ》と語った。

「……それで、乾どのは、拙者をかばって大伴玄蕃と斬り合いになり……大伴に斬られたのでござる」

「勝之助が斬られた？」

「斬られながら、大伴の襟首をつかんで、もろともにお濠へ落ちました。拙者がお濠をのぞくと、大伴だけが浮かんできて……拙者は、乾どのの姉上のお宅へ戻ったのですが、そこも危ないということで、この享楽寺にお世話になっている次第で……」

「それで、勝之助は？」

「消息は存じません。拙者は、ずっとここにひそんでおりますので。姉上からも何も知らせはなくて」

申し訳なさそうにうつむいている。

九十郎は啞然《あぜん》として青い空に視線を放った。

「あいつが斬られた……」

気が抜けたような目で数馬を見た。

「おぬし、ひそんでいると言いながら、あんなに目立つ屋根の上で、何を……」

「待っているのです。殿が、参勤交代で、半月前に国もとを出立なさったと。今日明日にも品川の本陣にお着きになるはず」

「直訴《じきそ》するのか？　大名行列に駆け込んで？」

「もはや、それしか道はございません」

「しかし、いまの話じゃ、裏の帳簿は人にあずけたままなんだろ。荻野の悪行を示す証《あかし》は何もないではないか」

「拙者が一命を賭して直訴すれば、松井どのも、帳簿を殿にご披見《ひけん》なさるに違いありません。このままでは、乾どのに申し訳ない……」

思い詰めた口調だった。

九十郎は土塀際に伸びた野草を眺めていたが、顔をしかめて立ち上がり、ぶらぶらと境内《けいだい》を出ていく。

「あ、この件は、他言はご無用に」

「心配するな。奉行所の管轄外だ」

暗い顔で山門を出て、東海道を北へ戻っていった。

品川橋を渡り、北品川へ入ると、大名が泊る本陣宿の前を通った。

太い横木を渡した立派な冠木門《かぶきもん》は閉ざされている。家紋入りの陣幕も張られておらず、今日明日に江戸府内に出入りする大名行列はなさそうだった。

品川宿を抜けて街道は海辺をいく。

海原は、陽光が千々にきらめき、弁才船《べざいせん》が帆を膨《ふく》らませて沖合を滑っていく。

街道の左手には、新緑の山裾が迫り、蟬《せみ》の声がした。

「お濠の泥の底に沈んでいるのなら、ひきあげてやらねえと、成仏できん」

暗い顔のまま、つぶやいた。

三

翌日は曇り空だった。空気が湿気をふくんで、長雨がそろそろ始まりそうな気配がある。

圭は、中間《ちゅうげん》の嘉右衛門を伴って、愛宕山下、西久保の組屋敷にある自宅から、徒歩で、神田《かんだ》、谷中《やなか》を過ぎ、三里余りの道のりを、新堀村《にいほりむら》へ向かった。

茅葺《かやぶ》き屋根が並ぶ集落の奥に、朽《く》ちた土塀に囲まれた小さな寺がある。

山門に近づくと、境内《けいだい》から、かあん、かあん、と拍子の良い音が聞こえてきた。白髪の嘉右衛門は、にこにこと皺《しわ》だらけになった。

「すっかり本調子に戻っておられますな」

「わかりますか？」

「薪を割っていらっしゃいます。善五郎流とかで。あの音。前よりも調子がおよろしい」

山門をくぐると、境内の隅に、物置らしき小屋がある。その前で、もろ肌脱ぎになった浪人風体の男が、薪を割っていた。引き締まった体で、薪は次から次へと真っ二つになる。

斧を下ろし、振り返った。

「姉上。嘉右衛門も。遠路をよくお越しくだされた」

乾勝之助である。血色はよく、表情も屈託《くったく》がない。右腹に、刀傷がひと筋、肉が赤みがかって盛り上がっている。

「今日の差し入れは何です？　そろそろところてんが欲しい時候になってきました。粽《ちまき》をまだ食べていないので、今年は食いっぱぐれるかなと」

つらそうな表情になる。

「何ですか。顔を見た途端に。食い意地を張って」

「どうぞ、お入りくだされ」

着物の袖に腕を通し、小屋の内へいざなった。

土間には薪が山と積まれ、箒《ほうき》や鍬《くわ》、荒縄などが雑然と置いてある。

狭い板の間へ二人を上げて、薄い座布団を勧めた。

「お茶を」

「私が淹《い》れますから」

と嘉右衛門は勝手知った様子でかまどの前に立った。

圭は、風呂敷を解《ほど》き、竹笹に包んだ粽餅を出した。

「おお、念ずれば通ずですね」

勝之助は目を輝かせた。圭の表情は重い。勝之助は出した手を引っ込め、おほん、と咳払《せきばら》いした。

「で、そちらのほうにお変わりは？」

「ありません」

「それはよかった」

「よくないでしょう、このようなままで」

圭は悲しそうな色を目に浮かべた。

「ごもっともです」

勝之助はうつむいたが、雰囲気を変えようと、

「粽を食べましょう。腹が減っては……嘉右衛門、湯は沸《わ》いたか？」

「はい、いまお茶の葉を」

がた、と木戸が開き、ぬうっと男の顔がのぞきこんだ。

勝之助は、そばの刀を引き寄せ、驚いた顔になった。

「おお、九十郎。どうしてここがわかった」

佐野九十郎は、のっそりと土間へ入ると、後ろ手に木戸を閉めた。じいっと勝之助を見た。

「生きていやがった」

「すまん、敵をあざむくにはまず味方を」

「馬鹿野郎」

怒鳴《どな》りつけ、不機嫌な顔で、

「お濠の泥をさらう許しをもらう前に、念のために圭さんのあとを尾けさせてもらった。ここはどういう場所なんだ？」

「嘉右衛門の遠縁にあたるお寺だ。傷の養生をしておった」

「大伴ってやつに斬られたそうだな」

「誰に聞いた？」

「結城数馬だ。享楽寺に隠れてる」

「大伴に、次は、敗《ま》けられんのだ。ここで剣の工夫を凝《こ》らしておった」

「ふん、くだらねえ」

「何がくだらんのだ」

「そいつを斬れば、おまえのお父上の濡《ぬ》れ衣《ぎぬ》が晴れるのか」

「荻野を追い詰めて自白させる。それに、九十郎」

「何だ」

「大伴は結城どののお父上を殺《あや》めた。おれは結城どのの仇討ちを助太刀せねばならん。義を見てせざるは勇なきなり、だ」

「ますますくだらねえ」

嘉右衛門が横から、

「お茶が入りました。佐野さまも、ご一緒に、粽を召し上がってください」

急須と茶碗を運んだ。圭に、

「さ、どうぞ」

とうながされ、九十郎は、上がり框《がまち》に腰を落とし、手をのばして粽を取った。

「お宅からずいぶん遠いですな。歩いて腹が減った」

ぶつくさ言いながら頬張《ほおば》る。勝之助は、粽を三つ、ぺろりと食べ、

「数馬どのはお元気か？」

と九十郎に訊いた。

「本堂の屋根の上に、へばりついてるぜ」

「何だそれは?」

「岸和田藩の参勤交代を待ってる。大名行列が品川宿へ来たら、飛び込んで殿さまに直訴する気だ」

「直訴するといっても、帳簿がなければ……」

勝之助は顔色を曇らせ、圭と目を見合わせた。

「お手討ちにされるわ」

「そろそろ行列が品川に着く時機ですね」

勝之助は刀をつかんで立ち上がった。

「九十郎、おれの工夫を見せてやる」

草履を履いて、小屋を出た。

「そこの薪を一本、高く投げ上げてくれ」

狭い境内に立って、柄に手をかけ、右足をひいて身がまえた。

「大伴は、甲賀《こうか》士《さむらい》だ。跳躍して、自分の落ちる勢いで圧してくる。剣の速さも増す。地上で待っていては、速さに劣り、迎え討つことができん」

「行くぞ」

九十郎は薪を一本つかんだ。ふと、どこかからの視線を感じて、辺りを見まわ

した。勝之助が気にせずに身がまえているので、

「そらっ」

と投げ上げた。薪はくるくると回りながら曇った空に上がり、放物線を描いて落ちはじめる。

「やっ」

勝之助は跳躍した。空中で白刃が一閃《いっせん》する。

二つになった薪が、乾いた音を立てて地面に転がった。

四

岸和田藩の勘定方、松井宗十は、日本橋の両替商を訪れていた。

藩主岡部《おかべ》公がまもなく江戸に到着する。その準備の金策のためだった。

相談を終えて厠《かわや》に立った。中庭に面した廊下を渡り、厠で用を済ませ、廊下の外にある手水鉢《ちょうず》で手を洗った。

しとしとと雨が降っている。庭石も、手入れの行き届いた枝ぶりの松も、暗色に濡れていた。庭池の水面に小さな波紋が幾つも描かれている。

ヤツデの葉陰で、人影が動いた。

「松井どの、しばらくぶりでござる」

軒伝いに現れたのは、勝之助だった。宗十は、ぎょっとなった。

「おぬし……」

「生きていたのか、と？　仔細あってしばらく身をひそめていました」

「どうやってここまで入り込んだのじゃ」

「拙者の父は勘定所の役人だったので、両替商にも知り合いが多かったのです。

それよりも、松井どの、お耳を」

近寄って、声を落とした。

「結城数馬どのは生きておりますぞ」

宗十は手水鉢に身をかたむけたまま、

「だから何じゃ？」

とつぶやいた。

「結城どのは、参勤交代の行列が着くのを一日千秋の思いで待っております」

宗十の小さな目が底光りする光を宿して勝之助を見据えた。勝之助は辺りを見まわし、

「結城どのは申すまでもなく、拙者でさえ、大伴玄蕃に狙われております。荻野の手は必ず松井どのにも及ぶはず。例の物を、お守り代わりに握っていても、逆にお身が危ない。それとも、松井どのはすでに……」

宗十の目をのぞきこんだ。

「何じゃ、またその疑いか」

「岡部公は文武両道に優れた賢公だと聞きました。荻野がいつまでも不正を隠しおおせるとは思えません。公が例の物さえご覧になれば」

宗十はささやいた。

「わしは、結城数馬に申したことを反故《ほご》にしてはおらぬ。時節を待っておるのじゃ。数馬には、心配無用だと伝えてくれ」

手水鉢から離れて廊下に立った。行こうとする背中に、

「時節は迫っていますぞ」

勝之助の声が追った。宗十は、勝之助の切迫した表情を読んで、眉根を寄せた。

「数馬は、殿の行列に？　例の物を持たないままで、直訴するつもりか？」

「結城どのを犬死にさせてはなりません」

宗十は思案顔になり、廊下に膝《ひざ》をつくと、勝之助を招き寄せた。辺りを見まわし、声をひそめた。

「よいか、わしはな、必ず帳簿を殿にお見せするつもりじゃ。だが、荻野の監視と妨害をかわして殿にお渡しするのはむずかしい。何か工夫が要《い》る。荻野の目をあざむく工夫が」

「拙者にお手伝いできることは？」

宗十は庭池の波紋を見つめていたが、

「うむ」

とうなずいた。

「手を貸していただけるのだな？」

「助太刀申す」

「妙案がある。おぬしとわしが組んで、荻野をあざむくのじゃ」

ふたたび周囲に目をやり、

「ちと、お上がりなされ」

とささやいた。

しばらくの後。

両替商のある日本橋の目抜き通りは、雨にもかかわらず商人の往来でにぎわっている。勝之助は路地から出ると傘で顔を隠すようにして歩きだした。

何歩も行かぬまに、

「おい」

と太い声が呼び止めた。

勝之助は、振り返って、はっと刀の柄に手を掛けた。

傘をさしたうえに深編笠《ふかあみがさ》を被った武士が立っていた。

「大伴玄蕃」

「あのとき斬った手応えはあったんだがなあ」

大伴は、ずいっと間合いを詰めてきた。松井宗十を尾けてきたのか、勝之助を尾けていたのか。勝之助は、深編笠を刺し貫くように睨み、身がまえた。

「勝負するのなら、人のおらん場所へ移るぞ」

大伴の深編笠が揺れた。嘲笑《あざわら》ったのだ。

「血の気の多いやつだ。松井宗十に何の用があった？」

「松井？　用など無い」

「とぼけるな。藩内の謀議にまだ首を突っ込んでおるのか」

「何のことだ。不審があるなら刀で訊いてみろ」

ふん、と深編笠が揺れる。

「おぬしは、遠吠えする野良犬だな。何の証も持っておらんのに周りを走りまわって鳴くばかりだ」

「悪臣の飼い犬になるよりマシだ」

深編笠の下から険しい視線が注がれてくる。視線に殺気が混じったようだった。

「ふん、まあ、いずれにせよ、おぬしにとどめをさす機会はめぐってくる」

深編笠を少し持ち上げた。鬼のような凶相の、額《ひたい》から鼻筋、頬にかけて、斜めに刀傷が走っていた。ニタリと笑った顔がひきつって見えた。

深編笠を下げ、往来にまぎれていった。

五

三日後。空は晴れている。

午《うま》の刻（正午頃）。

品川宿から東海道を二里半（約十キロ）南下した六郷《ろくごう》の渡し、北岸の八幡塚《はちまんづか》村《むら》。

渡し場の飯屋の二階に、勝之助はひそんでいた。

小窓から、川幅七十間（約百二十七メートル）の六郷川が望めた。旅人を乗せた舟や、荷馬を乗せた舟が、往き来している。

対岸は、川崎宿の家並みで、木々の向こう遥かに富士《ふじ》が望めた。

蹄《ひづめ》の音がする。品川のほうから馬を走らせてくるのだ。

勝之助は、立って、別の壁の窓をのぞいた。

茶屋の裏手の空き地に、二頭の馬が停まり、侍が降り立った。

松井宗十だった。お供の侍に、ここで待つように言い、茶屋の裏口に入った。

勝之助は、渡し場が見える窓に戻り、対岸を眺めた。

松井宗十が階段を上がってきて勝之助にうなずいてみせた。

冊子のような形の物を風呂敷に包んで、背に斜め掛けにしている。

「行列は来たか？」

「いえ、まだ」

「そろそろ川崎宿で川を渡る手筈《てはず》をととのえている時分だが」

宗十は勝之助の場所を奪うように座し、窓に顔を寄せた。

「この川を渡れば、品川宿の本陣まで休みなしで行ってしまう」

「荻野の動きはどうですか？」

「本陣に入って、お迎えのしたくをしておる。殿が本陣に着いてしまえば、荻野の思うがままだ。ここで直《じか》にお渡しできれば、荻野をあざむく工夫などする必要もないのだが」

横顔が緊張している。勝之助は窓の外をのぞいた。

「まだ見えませんね」

「ううむ、遅れておるか。われらが、向こう岸へ渡って、川崎宿でお待ちしよう」

口調に苛立ちが混じっている。

「舟に乗る前のほうが、駕籠の停まる間が長い。そうじゃ。向こう岸のほうがよい」

「いまから間に合いますか」

「間に合わせるのだ。さあ」

と立ち上がった。

勝之助は宗十につづいて階段を下りた。

「供の者に言うて来る」

宗十は裏口から出ていく。勝之助は、草履を履いて、亭主に銭を渡すと、表口から出た。

河原の舟着き場へと歩き出し、足を止めた。

対岸の舟着き場に、陣笠を被った旅装の侍たちがいる。大名行列の先触《さきぶ》れの者らしかった。小舟に乗り込み、こちら岸へ渡ってくる。

「あ、来た」

勝之助は茶屋の裏手へ呼びに回った。

「松井どの、来ましたよ」

空き地で、宗十は刀を抜き、正眼にかまえていた。

「松井どの？」

深編笠を被った武士が、八相にかまえて、対峙している。

木柵につながれた馬のそばに、お供の侍が倒れ伏していた。

「大伴っ」

勝之助は駆けだした。

大伴玄蕃は、宗十に袈裟懸《けさが》けに斬りつけ、受けようとした宗十の刀を叩き落とした。

「松井どの、お逃げくだされっ」

勝之助は脇差を抜いて投げた。大伴は、それを弾き落とし、腰の引けた宗十を斬った。宗十は、ぐふっ、と息を吐き、くずおれる。大伴は剣先を走らせ、宗十の背負った風呂敷包みを断《た》つと、中の物をつかみ取った。油紙に包み、紐を十文字に掛けた、冊子のような物である。自分の懐《ふところ》にねじ込み、勝之助の脇差を拾い上げた。

「大伴、その帳簿をどうする」

剣を抜こうとする勝之助に、脇差を投げつけてきた。勝之助は避けてよろめいた。

「とどめは、いずれ」

大伴は深編笠のまま駆けだすと、自分の馬に飛び乗り、街道へと出ていく。

勝之助は宗十に走り寄った。

「松井どの、しっかりなされい」

肩口を斬られている。目が虚《うつ》ろだった。

「わしのことはよい……数馬を……」

街道へ出た大伴の馬が、行きあわせた先触れの侍たちに停められた。

「おい、行列が通るぞ。下馬なされよ」

大伴は、深編笠の縁を上げ、馬上から応えた。

「岸和田藩の方々か。拙者だ、大伴玄蕃だ」

「や、大伴どのか、久しぶりでござる。どうなされた？　このような所で？」

「火急の用だ。殿の道中を狙う輩《やから》が、待ち伏せておる。品川の本陣へ知らせに参るところだ」

「何っ。殿を」

「おのおの方も守りを固められよ。あそこにも一人」

と勝之助を指さした。

「勘定方の松井どのが、やつに斬られた。供の者も」

「あやつめが。捕らえろ」

侍たちがこちらへ駆けてくる。大伴は馬の首をめぐらせて街道を品川のほうへ走りだす。宗十が、

「数馬を、守れ」

あえぎながらつぶやく。勝之助は宗十のそばから後ずさった。

「曲者《くせもの》っ」

「違う。拙者ではない。大伴玄蕃が」

「おのれ、どこの刺客《しかく》だ」

勝之助はきびすを返し、空き地を突っ切った。

雑木林に飛び込み、待たぬか、という叫びを振り切って走りつづけた。

六

品川。享楽寺。

そろそろ申《さる》の刻（午後三時頃）になるだろうか。

初夏を思わせる陽射《ひざ》しが本堂の瓦屋根に照って、潮風に吹かれていても背中が汗ばんでくる。

結城数馬は屋根に座って瓦に手をつき、南へのびる東海道を眺めていた。

左手には凪《な》いだ海原がきらめいている。右手遥かに富士山が望める。絵のようにのどかな品川宿の景色だった。足もとからは宿場のざわめきが聞こえて、自然とまぶたが重くなる。頭がこっくりと垂れ、はっと顔を上げる。

街道に、物干し竿《ざお》を立てたような物がゆらゆらと揺れている。

目を凝《こ》らした。

お徒士《かち》の掲げる大名槍だ。

「おおっ」

思わず身を乗り出し、瓦屋根を滑り落ちそうになる。

妙国寺の門前を、先払いの足軽や、挟み箱を担いだ足軽、旗竿を担《にな》った二人組が、列になって進んでくる。

「来た」

数馬は、屋根から梯子《はしご》をつたって下り、庫裡《くり》の部屋で、田宮佐門が弟子に届けさせた新しい裃《かみしも》に着替えた。

訴状を包んだ奉書紙を懐へ入れる。大小の刀は、脱いで畳んだ着物の脇に残した。

玄関で新しい草履の紐を結んでいると、式台に老僧が現れた。数馬は立って深々と頭を下げた。

「和尚さま、たいへんお世話になりました」

「大願成就は大いなる快楽じゃ。快楽に向かって走るがよい」

「はい」

きりっ、と表情をひきしめた。

山門を出て、路地を行くと、旅籠屋と旅籠屋のあいだに、明るい街道が見える。人々は道端に土下座し、お小姓やお供番などの側近たちが通っていく。行列は、およそ二百名。先払《さきばら》いは、いま頃、品川橋を渡って、本陣のある北品川へ入っていくところだろう。

四人の駕籠の者が担《かつ》ぐ立派な乗り物が過ぎていく。

「殿っ」

権門駕籠を取り囲む警護の侍は、いつもより人数が多い。侍たちが油断なく辺りに目を配る様子に、緊迫し、張りつめた空気が感じられた。

近寄れない。

数馬は、後ずさってきびすを返すと、路地をひき返し、街道とは旅籠屋を挟んで平行にのびる裏道を走りだした。

乗り物が本陣の門前でいったん停まるそのときが唯一の機会である。

裏町を駆け抜け、板をのべた小橋を渡って北品川に入った。

十字路で、たたらを踏んで立ち止まる。

建物のあいだを緩やかに下っていく路地の先に、街道がまぶしく浮き上がっている。

深紅の袋に入れた鉄砲を肩に担いだ一団が過ぎていく。

道向かいに、大きな冠木門が扉を開けている。品川本陣だった。

数馬は決然とした表情になり、路地を駆け下りていった。

徒歩の侍たちに取り囲まれて、乗り物が現れた。本陣の前に停まった。門内に乗り入れるために、いったん路上に下ろされる。

駕籠の者たちが担ぎ棒の下に肩を入れて持ち上げ、門のほうへ向きを変え、ふたたび路上に下ろす。

門内から、迎えの侍たちが走り出てきて、警護の侍たちに門内を指さして打ち合わせをする。いずれも緊張した面持《おもも》ちだった。

「お願いでございます」

数馬は叫んだ。ぎょっとして振り向く侍たちを避け、乗り物をめがけて路地から街道へ駆け込んだ。

騒然となった。

「狼藉者っ」

警護の侍たちが立ちはだかり、数馬を押しとどめた。数馬を押し倒すと、腕を背中にねじってうつ伏せにした。

土埃が舞い上がる。数馬は目の前の乗り物を見上げた。

「殿っ、お願いでございます、勘定方、結城友左衛門が一子、結城数馬でございます」

朱色の房が垂れ下がった黒漆塗りの引き戸は、動かない。

「殿、訴状を、お受けくだされ」

迎えの一団から、一人が進み出て、数馬の前に立ちふさがった。恰幅《かっぷく》のよい、辺りを威圧する堂々とした貫禄のある初老の侍だった。

「荻野……」

用人の荻野将監だった。冷厳な目で数馬を見下ろしている。

「無礼者め」

太い声で言い捨てた。

乗り物の内から、何か声がする。荻野は、

「錯乱しておるのでございます。日頃、上屋敷の周りを徘徊して、妄言《もうげん》を撒《ま》き散らす者でございます」

　と数馬を睨んだ。

「違います、懐の、訴状をお読みいただければ」

「妄言は書き記したところで妄言じゃ。引っ立てい」

　警護の侍たちが、上半身をひきずり起こした。数馬は膝立ちになって、

「お願いでございます」

　と声を嗄《か》らした。

「お待ちくだされ」

　屈強な武士が進み出た。大伴玄蕃だった。

「この者は、藩の平安を乱す不逞《ふてい》の輩。さきほど、六郷の渡しにて、勘定方の松井宗十どのを襲った輩の一味でございます。拙者が手討ちにいたしましょう」

　数馬は、

「松井どのが？」

　と目を見開いたが、膝立ちの姿勢で押さえられて動けない。

　大伴は刀を抜き、上段に振りかぶった。

「待て」

乗り物の内から声がした。

「ここは天下の往来じゃ。道行く者が見ておる」

大伴は、荻野と目を見合わせ、刀を納め、

「はっ」

と控えた。

「余が見届ける。駕籠とともに、その者も本陣へ入れよ」

乗り物が冠木門をくぐる。

その後を、数馬が侍たちに囲まれ、ひったてられていった。

七

玄関の前を通り抜け、建物脇の庭先に、数馬はひき据えられた。

数馬の眼前に乗り物が下ろされた。玄関で降りる前に決着しておこうというのだ。藩の侍たちが庭にぐるりと人垣をつくり、取り囲んだ。

数馬は、侍たちに両腕両肩を押さえられ、ひざまずかされた。

　荻野将監が、大伴玄蕃を伴って、乗り物を守るように立ちはだかった。荻野が言った。

「亡き結城友左衛門が一子、数馬。藩に対し、由《よし》なき逆恨《さかうら》みを抱き、不穏な言動を繰り返した。勘定方の松井どのを脅したあげくに、強請《ゆすり》の一味を指図して、襲わせた。そのうえ、あろうことか、殿の行列を妨害いたすとは。許しがたい。この場で成敗いたす。おとなしくそこに直れ」

「違います。荻野どのこそ逆臣。殿、拙者の懐にある訴状をお読みいただければ」

「この期《ご》に及んで見苦しいぞ。観念せい」

　荻野は、大伴に、

「斬れ」

　とうながした。

　大伴は数馬の脇に立った。侍たちは、数馬の首が前に出るように、さらに押さえつけた。大伴は刀を抜いた。天を指して高く上げた白刃が鈍く光った。

　門の辺りが騒がしい。

　わあっ、と悲鳴があがる。大伴は顔を向けた。

一頭の暴れ馬が、侍たちを蹴散らして、庭へ走り込んできた。

「何ごとだ、追い出せ」

荻野が叫ぶ。

馬からひらりと飛び降りた浪人者が、数馬の横で、片膝をついた。

「罷《まか》り出でまして、ご無礼つかまつる。拙者、乾勝之助。品川宿にて、仇討ちの助太刀をなりわいとする者でござる」

張りのある、落ち着いた声で名乗った。目もとは涼しく、邪気がない。

「無礼者」

荻野は怒鳴りつけた。大伴は険しい顔で、

「こやつだ、松井どのを襲った者は。いままた、殿を襲わんと乱入したか」

勝之助は乗り物に向かって言った。

「藩の金を横領せしは、用人の荻野どのでござる。その証の帳簿を殿にお渡ししようとした松井どのを斬り、帳簿を奪ったのは、この大伴玄蕃」

大伴は頬をゆがめた。

「笑止。妄言で殿をわずらわせるか」

「奪った帳簿をどこへやった。殿にお見せしろ」

「帳簿だと？　そんな物はない」

「松井どのが背中に結わえつけておられた物だ」

荻野が、

「あれか」

と庭の片隅を指さした。

紙を焼いた残りの灰が、微かに白い煙を上らせていた。

「書いてあることをあらためてみたが、当藩への誹謗《ひぼう》を書き連ねた根も葉もない妄言だ。外へ出ては煩《わずら》わしい。焼き捨てたぞ」

荻野の目には、勝ち誇り、嘲笑う色が光っている。

勝之助は灰を見つめていたが、

「ふふ」

と笑った。

「ふふ、ははは、なるほど、人の目に触れる前に、急いで焼いたのでござるな。そのふるまいこそが、荻野どのが読まれては困る、真実を記した帳簿であったあかし」

「愚かな。焼かれたことを逆手に取っての虚言《きょげん》だ。焼失した物の内容を、いまさら言い変えようというのだな」

勝之助は自分の懐から取り出してみせた。

油紙に包み、紐を十文字に掛けた、冊子のような形の物だった。

「何だ？」

荻野と大伴はチラと目を見合わせた。勝之助は、よく見えるようにと掲げた。

「荻野どのがそこで焼いたのは、松井どのが万が一を思って筆写しておいた写しでござるよ。結城どののお父上が書き残した帳簿は、ここに、拙者が預かっており申す」

荻野は、怒りで顔が蒼ざめ、

「さらに妄言を重ねるか」

奪おうと駆け寄った。

避けようとした勝之助に、数馬を取り押さえていた侍たちが飛びかかった。数馬が地面を転がり、今度は勝之助が押さえつけられた。

「何をするっ」

荻野は包みを奪い取り、油紙をびりびりと破ると、冊子をつかみ出した。勝之助はもがいたが、何人もの侍にのしかかられ、頰を地面に押しつけられた。

「荻野、それを、殿に渡せ。殿の目で確かめていただけ」

「このような誹謗《ひぼう》で、殿のお目を汚すことはならんのだ」

冊子を両手で引き裂こうとして、

「うぬ？」

ぱらぱらと、めくってみた。

「何じゃ、これは」

開いて、勝之助に示した。すべて白紙だった。勝之助は押さえられたまま目をしばたたいた。

「え？　どういうことだ？　松井どのが確かにそれを拙者に……あざむく工夫だと言って……」

侍たちを振り落として膝立ちになった。

「殿」

数馬の声がする。

勝之助も、荻野も、乗り物を見て、息を呑んだ。

いつのまにか、数馬が、乗り物のそばににじり寄っていた。

訴状と帳簿を重ねて、差し出している。本物の帳簿は数馬が持っていたのだ。

「殿、なにとぞ」

「ぶ、無礼者が。それを差し上げてはならぬ」

荻野が叫んで近づこうとする。

乗り物の内から、

「荻野、下がりおろう」

と声が響いた。

「そちのふるまいを、先ほどから見ておったのだ。そちを信じたい思いは強かったからな。なれど、見切ったぞ」

「は？」

「松井から、岸和田に書状が届いておる。結城友左衛門が記せし帳簿を、一子数馬に託すので、必ず目を通すようにと。結城よ、それが、帳簿か」

「はい、松井どのが預かり守っていたものを、本日、六郷の渡しへ向かう途中、拙者にお返しくださいました。万が一、松井どのが帳簿の写しを殿にお届けできなかったときは、これを拙者が自らの手でお渡し申し上げるように、と」

勝之助は、自分が預かっていた白紙の冊子が荻野の手から地面に落ちるのを見て、

「……おれもおとりか。あの、狸《たぬき》……」

とつぶやいた。

引き戸が少し開き、手が出た。

「ははっ」

数馬の差し出した物を取り、引き戸が閉まった。

「殿、そのような汚《けが》らわしい妄言を」

荻野が言いすがった。

「荻野、下屋敷にて控えておれ。審議のうえ、追って沙汰をいたす。大伴、そちもじゃ」

荻野は茫然と立ちつくした。大伴は苦々しげな顔をうつむけた。

駕籠の者たちが乗り物を玄関前へしずしずと運んでいった。

数馬は緊張の糸が切れた様子で、地面にぺたりと座り込んだ。藩士たちが荻野と大伴を取り囲み、連れて行こうとした。大伴は、ふいに獣《けもの》じみた怒声をあげて、藩士たちに当て身を食わせた。勝之助が乗ってきた馬に駆け寄って、ひらりと飛び乗った。勝之助は、

「大伴」

と叫んでそちらへ走った。大伴は、馬上から、凄まじい眼光で勝之助を睨み、そのまま馬で駆けだした。門の警護を蹴散らし、街道を南へと走り去っていった。

八

五月雨《さみだれ》の音が岸和田藩上屋敷を包んでいる。

大広間の上座に、藩主の岡部公が座している。

脇には、結城数馬が侍している。裃を着て、髷もきちんと結い上げていた。月《さか》代《やき》も青々として、きりりとした面ざしだった。

その隣には、松井宗十が座している。傷はようやく癒えたが、顔色はまだ蒼白い。

下座で平伏しているのは、乾勝之助だった。

岡部公は、聡明なまなざし、穏やかな表情で、勝之助に話した。

「荻野が、腹を切る前に、すべてを白状した。横領した金を、江戸の長者どもが営む何やらあやしげな講に注《つ》ぎ込んでおったようだ。荻野のほうが、これまで虚言を撒き散らしておったのだ。結城友左衛門も潔白、そなたの父も濡れ衣を被《こうむ》った側だ。事の真実を、余が大目付に話して、乾家の名誉を回復してもらおう」

勝之助は、顔を上げた。

「それは、ありがたいのですが。藩は、お咎《とが》めを受けませんか」

「上手くやるさ」

にやりと笑った。

「松井はよくやった。藩のために智恵を働かせた忠臣である」

宗十は、もったいない、と頭を下げる。

「松井の家は、娘子ばかりでな。跡取りに養子を迎えるつもりだが、まだ相手が決まっておらなんだそうだ」

控えている数馬を見て、

「松井家では、結城を望む声があるらしい。誠実、一途な若者だ。余の肝《きも》いりで、この件を進めようと思うのだ」

数馬は、背筋をのばしたまま、もじもじしている。

「御意《ぎょい》にございます」

と勝之助は言った。

「そちは悔しかろうな」

「何がでございましょう？」

「余は荻野を切腹させてしまった。本来ならば、そちに渡して、親の仇討ちをさせねばならなかった」

「お気遣い、おそれいります」

勝之助は、ふっと柔らかい表情になった。

「拙者の仇討ちよりも、不正を明らかにして世を正すことのほうが大切だと思います。それに、どうも、仇討ちは、拙者には……」

最後のほうは口のなかのつぶやきだった。

「ところで」

岡部公はまじめな顔を勝之助に向けた。

「乾家が再興なったら、わが藩に来ぬか？」

「仕官でございますか？」

「そちの父を背後から不意をついて刺したのは荻野だ。すべての罪を志摩という家来に負わせようとしおった。そのような輩がいた藩に心は向かぬかもしれんが。そちはわが藩を救った人物だ。どうだ？　来てはくれんか。勘定所よりは良きほどに遇するぞ」

「は、ありがたきお言葉にございます」

平伏し、ふと、気掛かりそうな横顔になった。

「荻野の一族は、お咎《とが》めを受けるのでしょうか？」

「うむ。やむを得えまい。闕所のうえ、追放いたす」

勝之助は、考え込む表情で、雨の音を聞いていたが、

「せっかくありがたきお言葉を頂戴しながら、辞退させていただくご無礼を、どうかご寛恕《かんじょ》願います」

ふたたび平伏した。

「仕官の儀は断ると申すのか」

「拙者をよく知っている者たちが申しますには、拙者には勤勉な勤めは向かぬ、と。まことに、的を得た指摘であると、肝に銘じております」

岡部公は、じいっと勝之助を観ていたが、ふむ、とうなずいた。

「どうやら、良き友を持っておるようじゃの」

勝之助は、愛宕山下、西久保の義兄宅に寄って、岡部公とのやりとりを報告し

た。

　仕官を辞退したのには、用人荻野将監の追放された一族への気がかりもあったことを隠さずに話した。勝之助が荻野将監に抱いていた恨みや怒りの感情が、今度は荻野の一族や残党へ移り、将来また何か事が起きて勝之助やその家族が害されたら……その感情がまたあちらからこちらへ移り……憎しみあう気持ちが鎖のようにいつまでもつづく因縁は、いま自分で断ち切っておきたい。辞退にはそんな思いも働いていた。

　佐門は、

「義父上の跡を継いで勘定所に勤め口を求めるかい？」

　と訊いた。

「それも、いましばらくご猶予をいただきとうござる」

「そうかい」

　飄然《ひょうぜん》とうなずいた。

「元の稼業に戻るのかい？」

「いえ、看板を書きなおそうと思うのです。仇討ち助太刀、というのは消して……仇討ちは、もう……何か、別の稼業を」

玄関で草履の紐を結んでいると台所から姉の圭が出てきた。

「もう行くの？」

「はい。友達と会う約束をしているので」

土間に立って圭に頭を下げた。

「姉上、すみませんでした。せっかくの仕官の道を」

圭は、いかめしい顔で勝之助を見つめていたが、ぷっと噴きだした。

「え？　おかしいですか？　その笑い、ひょっとして、姉上も拙者にお城勤めなどできないとお考えになっていたのでは」

「そうではありません。勝之助が、本当はさばさばとしているくせに、神妙な顔をつくるものだから」

「乾家再興は拙者には無理とお考えですか」

「わたしをみくびってはいけませんよ」

「は？」

後ろから佐門が、

「勝さんを誰よりも信じてるってことさ」

と言った。

芝橋南詰め、橋のたもとにある一軒の居酒屋。

薄暗い土間で、雨に降りこめられ仕事にあぶれた馬子《まご》や船頭《せんどう》が床几《しょうぎ》に座って昼間から呑んでいる。勝之助は、九十郎、弥蔵と、ひとつの床几で呑んでいた。

雨が屋根を打つ音が、大名の上屋敷とは違い、直接に頭の上で響いてうるさかった。雨漏りがして、土間に置いた盥《たらい》で天井から落ちる水を受けている。

「これで勝之助の仇討ちは終わったんだな」

しみじみと言った九十郎は、勝之助が岸和田藩の仕官を断った話を聞いて、

「ええっ」

と驚き、

「まあ、確かに。前にも言ったが、おまえにゃ向いてねえ。ひねもす釣り糸を垂れたり、ぐうたら寝転がったりできなくなるしな」

とうなずいた。

「そこまで堕《お》ちてはおらん」

勝之助は、それはさておき、と表情をあらためた。

「荻野の一族は追放だそうだ」

九十郎は知っているというふうにうなずく。

「荻野将監は切腹したってな。子飼いの、大伴玄蕃は逃げたままか」

「行方知れずだ」

「剣呑《けんのん》だな。おまえ、狙われるぜ」

九十郎は、勝之助が悠然と盃《さかずき》を口に運ぶ様子を眺めて、ふん、と鼻を鳴らし、

「気をつけな。ガキの喧嘩じゃ済まないから」

と言った。弥蔵は、酒を口に含み、ふっと笑った。勝之助はその横顔を見た。

「どうした、弥蔵」

「思い出したのさ。おれたち、ガキの頃、地蔵橋で他の町のやつらと喧嘩したことがあったろう」

「ああ、あったな」

「やつらを待ってるとき、確か、九の字は、大きくなったら武芸者になると言ってた」

九十郎は、

「おれは本気だったんだ」

と盃をあおった。

「勝の字は、親の跡を継いで役人になると言った。おれは、仕官するか医師になると言った」

「よく覚えてるな」

「誰一人、言ったとおりには、なっていないじゃねえか」

勝之助は言った。

「だが、けっきょくは、なるべくしてこうなっている」

三人は顔を見合わせた。誰からとなく、笑いだした。大きな口を開けて、子供の頃のように屈託なく笑った。

雨音が、ざあっと激しくなった。

九

品川宿。享楽寺。

小雨になっている。雲の裏側では陽《ひ》が西に傾いたようで、濡れた墓地は色彩を洗い流されたように灰色になり、たそがれ前の鈍い光に包まれていた。

投げ込み寺と呼ばれている。無縁仏の石塚、遊女たちの粗末な墓石、檀家の卒《そ》塔《と》婆《ば》と墓石。その一角にある墓の前で、勝之助は手を合わせていた。ひろげたままの傘を傍らの地面に置いている。

「父上、濡れ衣を被ってのご無念、ようやく晴れました。乾家は再興が成ります。父上も、ここを出て、先祖代々の墓所へ移ることができます……このほうが、にぎやかで、楽しそうでよろしいのですが。品川に居続けは姉上が許さないでしょう……」

人の気配に顔を上げた。

墓石のあいだに、深編笠の屈強な武士がたたずんでいる。

「現れたな」

大伴玄蕃は深編笠を外した。ニタリ、と顔をひきつらせた。瞳は瞋恚《しんい》に燃えている。

「とどめをさしに来たぞ」

刀を抜き放った。

「こちらも用意はできている」

勝之助の瞳には静謐《せいひつ》な炎が宿っていた。大伴に対峙し、銘長曽祢虎徹の二十五寸打刀を抜いた。

「本来なら、結城数馬どのが、父のかたきとして、おぬしを討つべきところだが。やむを得ん」

「たわけめが。後で結城も斬る」

大伴は、右脇がまえになり、嘲笑って、

「新堀村の隠れ家では、跳ぶ習練ばかりしておったな。にわか仕込みで、おれよりも、跳べるのか。ふふ、足もとが濡れておる、滑らぬようにな」

腰を沈めた。

勝之助は正眼にかまえた。

「来いっ」

大伴が走り込む。跳躍した。高いところから、鷹《たか》のような目で、勝之助をとらえた。

勝之助は、跳ばなかった。懐からつかみだした物を投げつけた。

一本の薪だった。薪は一直線に飛び、大伴の眉間を打った。

落下しながら大伴が揺れた。

「たあっ」

勝之助は斬り上げた。

大伴の両手首が刀を握ったまま飛んだ。

大伴は、地面を転がり、

「うわああっ」

とわめき、墓石にぶつかって体を丸く縮め、横たわった。

勝敗は一瞬でついた。

「跳べばおぬしには勝てぬからな。おぬしが姉上を尾けてきたときに、新堀村で見せたのは、偽《にせ》の技だ」

「な、何を、投げた」

「薪だ」

「外道《げどう》め。何流？」

「善五郎流だ」

「と、とどめを、させ」

勝之助は懐紙《かいし》で刀身を拭い、鞘《さや》におさめた。

「これは仇討ちではござらん。善五郎流は、命を粗末にはせぬよ」

雲を見上げた。

ひろげて置いてあった傘を畳んで手に持つと、薄暮の墓地を去っていった。

作者あとがき

この連作集は、江戸期に刊行された書籍に想を得て創作したものです。各話の基になった書籍名を次に記しておきます。

第一章　雨の永代橋……『女敵高麗茶碗』（享保年間刊）

第二章　かんのんやど……『姉妹達大礎（あねいもとだてのおおきど）』（寛政年間）、『月堂見聞集』の記事（享保年間）

第三章　仇討ちの果て……『常山紀談　巻之二十五　石井兄弟報讐の事』、『月堂見聞集　巻之一　伊勢亀山敵討の覚』

品川宿仇討ち稼業

一〇〇字書評

切り取り線

購買動機（新聞、雑誌名を記入するか、あるいは○をつけてください）	
□（　　　　　　　　）の広告を見て	
□（　　　　　　　　）の書評を見て	
□ 知人のすすめで	□ タイトルに惹かれて
□ カバーが良かったから	□ 内容が面白そうだから
□ 好きな作家だから	□ 好きな分野の本だから

・最近、最も感銘を受けた作品名をお書き下さい

・あなたのお好きな作家名をお書き下さい

・その他、ご要望がありましたらお書き下さい

住所	〒				
氏名		職業		年齢	
Eメール	※携帯には配信できません	新刊情報等のメール配信を 希望する・しない			

この本の感想を、編集部までお寄せいただけたらありがたく存じます。今後の企画の参考にさせていただきます。Eメールでも結構です。

いただいた「一〇〇字書評」は、新聞・雑誌等に紹介させていただくことがあります。その場合はお礼として特製図書カードを差し上げます。

前ページの原稿用紙に書評をお書きの上、切り取り、左記までお送り下さい。宛先の住所は不要です。

なお、ご記入いただいたお名前、ご住所等は、書評紹介の事前了解、謝礼のお届けのためだけに利用し、そのほかの目的のために利用することはありません。

〒一〇一―八七〇一
祥伝社文庫編集長　清水寿明
電話　〇三（三二六五）二〇八〇

祥伝社ホームページの「ブックレビュー」からも、書き込めます。

www.shodensha.co.jp/bookreview

祥伝社文庫

品川宿《しながわしゅく》仇討《あだう》ち稼業《かぎょう》

令和 6 年 9 月 20 日　初版第 1 刷発行

著　者　　とが三樹太《みきた》
発行者　　辻　浩明
発行所　　祥伝社《しょうでんしゃ》
東京都千代田区神田神保町 3-3
〒 101-8701
電話　03（3265）2081（販売）
電話　03（3265）2080（編集）
電話　03（3265）3622（製作）
www.shodensha.co.jp

印刷所　　堀内印刷
製本所　　ナショナル製本
カバーフォーマットデザイン　中原達治

Printed in Japan ©2024, Mikita Toga ISBN978-4-396-35078-9 C0193

祥伝社文庫　今月の新刊

西村京太郎
伊豆箱根殺人回廊

二年半ぶりに出所した男がめぐる西伊豆、修善寺、箱根には死体が待ち受けていた……。十津川が陰謀を暴くミステリ・アクション！

あさのあつこ
もっと！　にゃん！
鈴江三万石江戸屋敷見聞帳

登場人物、ほぼ猫族。町娘のお糸が仕えるのは、鈴江三万石の奥方さま（猫）。世情、人情、猫情（？）てんこ盛りの時代小説、第二弾！

とが三樹太
品川宿《しながわ》仇討《あだう》ち稼業

稼業は食うや食わず、情にほだされやすい優男・乾勝之助。だが、剣は強し！　廻国修行と薪割りで鍛えた剣技が光る快作時代小説。

香納諒一
新宿《しんじゅく》花園《はなぞの》裏《うら》交番　旅立ち

新宿を二分する抗争が激化した！　組の顔になった高校恩師の西沖と対決した巡査坂下はどこへ向かう？　人気シリーズ書下ろし！

岡本さとる
浮かぶ瀬
取次屋栄三《えいざ》　新装版

「奴にはまだ見込みがあるぜ」親にも世間にも捨てられた若者に再起の機会を与えるべく、栄三は、〝ある男〟との縁を取り次ぐ……。